I LEMURI

Michele Guardì

# Gisimunnu e altre Croniche di Castroianni

Baldini+Castoldi

ISBN 979-12-5494-225-3
Published by arrangement with Delia Agenzia Letteraria

Prima edizione Baldini+Castoldi - La nave di Teseo gennaio 2025

www.baldinicastoldi.it
info@baldinicastoldi.it

# INDICE

# Cronaca dell'uomo contemporaneo

Oggi quando si parla di «cronaca» si pensa tristemente a quella nera, più ai misfatti che allo scorrere del quotidiano che è costellato di tanti accadimenti che non fanno notizia, questo è sicuro, ma nei quali ciascuno di noi può trovare un pezzo di vita. Ma ai tempi di Dante Alighieri, le «croniche» erano un apprezzato genere letterario, una forma narrativa semplice e di immediata percezione dove venivano riportati, per lo più da anonimi estensori, fatti e personaggi di un luogo e di un tempo abbastanza circoscritti. Un genere al quale lo stesso Sommo Poeta ha attinto come fonte. Nell'Italia dei comuni, dei principati e delle signorie, quella dei cosiddetti campanili, ognuno gelosamente custode della propria identità e il più delle volte in lite con i vicini, si sviluppò questo genere di scrittura, da Dino Compagni a Giovanni Villani. A Firenze, ma non solo, alcuni letterati hanno voluto così raccontare le vicende della città, tra turbolenze politiche e gossip *ante litteram*, quello che accadeva, per mostrare il lato così fascinosamente debole dell'essere umano, tra vizi e virtù, furberie e onestà, amore e morte.

Definirei quasi naturale che Michele Guardì abbia voluto intraprendere, chissà da quando ma conta poco, la strada, non così facile, della scrittura per giungere oggi alla sua «cronica» di Castroianni, nome di fantasia, scelto forse per assonanza con il nome del paese nel quale l'autore è nato e ha trascorso la giovinezza.

Scrivere per lui non è certo una novità: quale autore televisivo, oltre che regista, dei maggiori programmi Rai da quasi cinquant'anni a questa parte (nel 1977 debutta, con Enzo Di Pisa, scrivendo i testi per Pippo Baudo e il programma *Secondo voi*, legato alla lotteria di Capodanno), la penna sa come si tiene, e molto avvedutamente, da un bel po'.

Ma qualcosa dev'essere scattato in lui, avrà avvertito che c'è un universo interiore di persone comuni, lontane dai riflettori, che può esser narrato e svelato con la scrittura, in prosa come in versi. Forse, come scrive qui, perché «quell'io» – titolo di una delle poesie di questo suo libro – il «bel successo [...] quand'è arrivato / ha visto che cos'è. Che non è niente». E quando ha messo mano a queste *Croniche* si esprime con una narrazione a tratti scanzonata (anche quando il tema è ben serio) e una predilezione a conservare l'inclinazione al gusto pieno della vita, per parafrasare un famoso slogan pubblicitario di fine anni Ottanta.

Attraverso queste sue *Croniche*, in prose e versi, sembra di essere lì, di camminare per le strade di Castroianni. Di cogliere, noi insieme a lui, parole e pensieri, sguardi ed espressioni del volto, fatti e avvenimenti, ma anche le sottili sensazioni sempre in bilico che la vita, giorno dopo giorno, settimana dopo settimana, regala all'uomo. Si resta coinvolti da odori, rumori, sapori, in altre parole dalla vita che pulsa a Castroianni. Si respira in queste pagine l'aria di un antico borgo, in una continua alternanza tra resoconto e riflessioni, mai moralistiche ma sempre con un occhio indirizzato al doveroso senso etico dell'esistenza dell'uomo.

Con accortezza espressiva, poi, Guardì ha affidato alla prosa la descrizione delle vicende dei vari personaggi che abitano quel luogo, personaggi certo di fantasia ma così concreti e realisticamente tratteggiati da dare l'impressione di conoscerli da sempre. Conosciamo così la tenera umanità di Giovanni che va alla ricerca di Giovannino, il suo io infantile, o il comandante dei vigili, molto ammanigliato e che assomiglia a Errol Flynn, e le sue articolate vicende con la giustizia. E su tutto questo campeggia il brioso racconto della piazza di Castroianni, la piazza come luogo dove tutto gira in circolo e tutto si può conoscere.

E invece ha affidato ai versi la riflessione su quelle vicende, il suo pensiero più intimo su quanto quei fatti e quelle persone raccontate in prosa sommuovono nella mente e nel cuore degli uomini. E quanto accade agli abitanti di Castroianni ci riguarda tutti e molto da vicino, lo si scoprirà leggendo queste *Croniche*. Perché cambiando quello che c'è da cambiare, l'essenza universale dell'uomo è quasi tutta nella penna di Guardì. Una narrazione, la sua, che proviene dalla grande tradizione letteraria che dalle *Croniche*, attraverso il *Decamerone* di Boccaccio, è rinverdita da Michele Guardì con sicura freschezza creativa ed emotiva.

# Per cominciare…

Mi capitava certe sere di estate, dopo una cena a casa o una festa in spiaggia, di rientrare nel ruolo del raccontatore.

I miei amici sapevano che quando cominciavo con «mi rrricordo…» sarei andato avanti con racconti di cose che erano successe al paese.

Certe le avevo sentite non rrricordo più da chi. Altre le avevo vissute personalmente.

Ho ereditato da mio nonno Michelangelo la passione per il racconto.

Lui raccontava la storia della Biancarussina, una bellissima ragazza dalla pelle candida e dalle gote bianche.

La Biancarussina viveva in un Paese lontanissimo. I suoi spasimanti erano tanti e, per raggiungerla, avrebbero dovuto consumare «sette paia di scarpe di ferro…».

Le mie storie erano meno fantasiose, ma forse altrettanto affascinanti.

Le riporto perché non se ne perda memoria.

# LUNEDÌ

# Gisimunnu

Quando, con due colpi di pistola alle spalle, gli avevano ammazzato il padre Ruardo, Giovannino aveva cinque anni.

Ed era stata una cosa orribile. Lo aveva visto steso a terra, con gli occhi ancora aperti a guardare in alto.

Gli avevano sparato in piena piazza, di sera, con i lampioni accesi da poco, e una luce gialla, corta, che faceva fatica a raggiungere la gente e le cose.

Era la fine dell'estate. Nessuno aveva visto né sentito niente. Forse perché, per fermare il caldo, le finestre erano tutte chiuse. E le poche rimaste aperte, dopo il secondo colpo di pistola, erano state chiuse di botto.

Come se ai colpi che avevano steso Ruardo se ne fossero aggiunti altri. In sequenza. Facendo un frastuono terribile che aveva coperto il nome dell'uomo che aveva sparato.

E dire che Ruardo, prima di spirare, prima di dargli del «Figlio di buttana!», quel nome lo aveva gridato.

I pochi che si lasciarono andare a qualche ammissione dissero che avevano sentito solo gridare «Figlio di buttana!» Il nome no. Non lo avevano sentito.

E pure Ruardo lo aveva gridato forte. A pieni polmoni.

Ruardo era la sicilianizzazione del più continentale Eduardo e in paese la sua voce la conoscevano tutti.

Quando al campo sportivo di Malvello si giocavano le partite di calcio, se i tifosi dissentivano dalle decisioni dell'arbitro, puntavano gli occhi addosso a Ruardo perché con la sua voce potente gridasse il cognome dell'arbitro. La tifoseria avrebbe aggiunto in coro: «Figlio di buttana!»

In quei casi, nella zona vastissima del campo sportivo, il cognome lo sentivano tutti. Stavolta, Ruardo, il cognome dell'uomo che lo aveva ammazzato lo aveva gridato in una piazza piccola, chiusa tra quattro palazzi. Eppure, nessuno lo aveva sentito.

Giovannino, che stava giocando dietro al monumento, era corso dal padre dopo il secondo colpo di pistola. Non aveva visto l'uomo che scompariva dietro la piccola discesa che portava fuori paese.

I primi accorsi non riuscivano a staccarlo da Ruardo, al quale Giovannino, con una voce straziata, continuava a gridare: «Svegliati, svegliati».

Poi erano arrivati i carabinieri e poi l'arciprete con il sagrista Tatano che gli aveva dato il secchiello dell'acqua benedetta da spargere sul morto. E finalmente qualcuno, abbracciando Giovannino, era riuscito a portarlo via.

Da quel giorno Giovannino volle sempre vestire di nero. Come la madre.

Cresceva standosene da solo a leccare mezzo limone che portava sempre in tasca.

Non parlava con nessuno. Solo un poco col maestro Cannella che lo seguiva dalla prima elementare e con un cinquantenne che in occasione della disgrazia si era dimostrato molto solidale con la famiglia.

Lo conoscevano tutti come il signor Piparo. Il nome, Sigismondo, richiamava lontane origini continentali.

A Castroianni lo avevano trasformato nel siciliano Gisimunnu. Così lo chiamavano. Ma per Giovannino sarebbe sempre stato il signor Piparo.

Tra i suoi coetanei, Giovannino aveva un solo amico, Vittorio Landro. Da sempre suo compagno di banco.

Un giorno, avevano entrambi dieci anni e ancora i pantaloncini corti, lo invitò nello stanzino a piano terra che odorava di olio e di legna secca da ardere e che sua mamma chiamava la camera vecchia. Tirò fuori un bombardino di ottone che teneva avvolto in una coperta.

«Lo vedi?»

«Certo che lo vedo.»

«Ti piace?»

«Certo che mi piace. È bello lucido.»

«Lo aveva fatto arrivare da Palermo *iddu*! Due giorni prima del fatto.»

*Iddu*, lui! Era il modo in cui, dal giorno del delitto, aveva preso a chiamare suo padre. Non «*me patri*», mio padre. *Iddu*. Lo sentiva più suo. E quell'omicidio, l'evento che gli aveva scombinato la vita, per lui era «il fatto».

«*Iddu* sapeva che mi piaceva la musica e voleva farmi entrare nella banda comunale con questo bombardino. Che però non ho usato mai. Senza di *iddu* che ci andavo a fare in mezzo alla musica?»

«Ragione hai.»

«Se mi prometti che impari a suonarlo, te lo regalo. E ci vai tu a suonare nella banda al posto mio.»

«E tua madre che dice, se lo fai uscire di casa per darlo a me?»

«Mia madre deve fare cose di femmine! Queste sono cose di maschi. E le cose di maschi a casa mia le devo fare io. E le farò!»

Si avvicinò a Vittorio e gli disse all'orecchio qualcosa che non era un pensiero di bambino. Vittorio ebbe i brividi.

Spinse il bombardino nelle mani dell'amico. «È un segreto che sai solo tu. Gliel'ho promesso a *iddu* quando l'ho lasciato a terra dietro il monumento. Giurami che su questo segreto non mi tradirai mai.»

«Te lo giuro, Te lo giuro sul bombardino!» disse Vittorio. Strinse al petto lo strumento e infilò la porta piccola che dava su via Scarpello per avviarsi nel vicolo che portava verso casa sua.

Da quando gli avevano ammazzato il padre, ed erano passati ormai quasi otto anni, il primo mezzo sorriso Giovannino se lo lasciò scappare il giorno della festa della Vergine Annunziata.

Dietro alla statua, nella prima fila della banda comunale, Vittorio, tutto fiero, avanzava suonando il bombardino.

Giovannino, dritto come un uomo grande sul marciapiedi, davanti al circolo degli artigiani, portava ormai i pantaloni lunghi di un vestito sempre nero. Aveva in mano come sempre il mezzo limone che non leccò per rispetto della processione.

La statua della Vergine Annunziata era portata a spalla dai minatori con gli elmetti in testa.

La festa dell'Annunziata era l'unica occasione nella quale l'arciprete consentiva ai minatori, tutti comunisti, e in quanto tali per lui atei e scomunicati, di accostarsi alla chiesa e ai santi.

Con lo stesso sguardo del giorno in cui gli aveva regalato il bombardino, Giovannino confermò all'amico il giuramento che aveva fatto al padre e che continuava a tenere stretto nel cuore.

Il signor Piparo, che gli era accanto, colse l'intesa tra i due coetanei e ne fu contento: «Bello è che siete tanto amici. Un amico giovane sempre ci vuole».

Lui sapeva di essere l'unico amico di maggiore età di Giovannino con il quale condivideva spesso lunghe, silenziose passeggiate. Era il suo modo di essere presente nella vita del ragazzo che cresceva in solitudine leccando mezzo limone.

Quando Giovannino diventò maggiorenne il signor Piparo aveva superato da poco i cinquant'anni.

Cinquant'anni di allora erano tanti. Gli uomini sembravano molto più anziani.

Anche Giovannino, con la faccia triste che aveva, sembrava più grande.

Era diventato un bravo fabbro. Faceva certe inferriate che nemmeno a Palermo.

La morte del padre era lontana.

Ma lui continuava a vestire di nero e a portare in tasca il mezzo limone che la madre, accanto alla tazza del latte e caffè, gli faceva trovare ogni mattina sul tavolo della cucina avvolto in un fazzoletto di seta.

Solo Vittorio sapeva che Giovannino leccava quel limone per tenere vivo l'acido che aveva nell'anima.

Ma questo non era il segreto che gli aveva confidato quel giorno nella camera vecchia.

Questo glielo aveva detto in più quando, per consacrare i ventun anni, erano andati a Palermo al casino di piazza Marina, dove facevano entrare solo se si mostrava la tessera che attestava la maggiore età.

Il signor Piparo in piazza Marina, a Palermo, non c'era stato mai. Si compiacque molto del viaggio di Giovannino e si augurò avesse fatto buona figura. Cosa che Giovannino confermò con un cenno della testa.

Per festeggiare l'avvenimento, il signor Piparo avrebbe voluto regalargli una penna d'oro che certi suoi parenti gli avevano mandato dall'America. Era una di quelle penne che si mettevano in mostra la domenica per fermare il fazzoletto che sporgeva dal taschino della giacca buona.

Giovannino non accettò: «No, questo no. È troppo. Mi basta l'amicizia che vossia in questi anni mi sta dando».

Amicizia che il signor Piparo non dispensava ad altri.

Per mestiere prestava soldi, a tassi non altissimi, ma comunque al limite dell'usura. Forse per questo non frequentava suoi coetanei.

Non si era mai sposato perché le donne che avrebbe voluto come mogli o erano già sposate con altri o lo avevano rifiutato.

Questi precedenti e chissà quale altro piccolo segreto che non si riusciva a conoscere ne avevano fatto un uomo chiuso, strano, poco espansivo. Diffidente.

Con Giovannino ormai maggiorenne si era lasciato andare a qualche confidenza.

A ricasco della storia delle case di tolleranza aveva ammesso qualcosa che non avrebbe mai detto a nessun altro. Ammise di avere problemi con la prostata.

Giovannino si lasciò andare anche lui. E per confortarlo gli disse che aveva saputo da Tatano, il sagrestano diventato ormai vecchiotto, che anche l'arciprete la prostata ce l'aveva da una vita.

«Ma tanto... l'arciprete che se ne deve fare dello strumento?» aveva controdedotto il signor Piparo.

Giovannino aveva allora ribattuto citando don Pasquale Severino che a ottant'anni, e con la prostata, si diceva non perdesse botta con le figlie dei contadini sulle quali, per tradizione antica, continuava a esercitare lo *ius primae noctis*.

Piparo ci prese gusto: «Forse prende qualche pastiglia che combatte la prostata».

«No», lo tranquillizzò Giovannino che aveva saputo il pettegolezzo dal suo amico Vittorio Landro che era vicino di campagna di don Pasquale.

E per spiegare che le funzioni più impegnative si possono assolvere anche a prostata trionfante concluse: «Gli basta qualche stravaganza».

«Per esempio?» chiese il signor Piparo ormai entrato in pieno nel pettegolezzo.

«Dice che riceve le ragazze in una stalla e che, dopo averle fatte spogliare, accende un poco di paglia bagnata che le affumica. Dice che quell'odore, misto a quello proprio delle ragazze, ha la meglio sulla prostata e sugli ottant'anni.»

Risero insieme. Per la prima volta da quando si conoscevano.

Quella sera, tornando a casa, pensò che forse Giovannino gli era davvero amico.

Pensò che fosse anche arrivato il tempo di invitarlo in

una di quelle osterie nelle quali era solito passare i fine settimana.

Le chiamavano «ramuzze», cioè piccoli rami di alloro che, legati a una bottiglia di gazzosa piena di vino rosso ed esposti sulla porta di stanze maleodoranti, indicavano il ritrovo di vecchi ubriaconi o sbandati solitari.

La ramuzza preferita dal signor Piparo stava, defilata, all'ingresso del paese. In via Genuardi e Grassellini. Ed era gestita dalla 'gna Concettina. Una bella donna grassa rimasta vedova in giovane età e che, compreso nel prezzo di un bicchiere di rosso, offriva alla clientela più affezionata una scaglidda di pecorino e due sarde salate.

Al signor Piparo la 'gna Concettina riservava sempre lo stesso posto isolato, all'angolo, in fondo alla stanza, con le spalle contro il muro. Piparo lo preferiva perché poteva controllare chi e cosa gli stava davanti. Si sentiva al sicuro.

Giovannino e il signor Sigismondo cominciarono a incontrarsi dalla 'gna Concettina.

Un lunedì, giorno in cui le ramuzze restavano praticamente vuote perché nel fine settimana i beoni avevano esaurito i fondi, Giovannino chiese al signor Piparo se voleva passare la serata dalla 'gna Concettina in compagnia del suo amico Vittorio.

Al signor Piparo sembrò una buona idea.

Arrivarono che si erano già fatte le nove. C'era buio perché era inverno e le strade erano vuote.

La 'gna Concettina, che stava per chiudere per mancanza di clientela, li accolse con gioia e fu prodiga di scaglidde e di sarde salate.

A un certo punto Giovannino guardò l'amico. Nei suoi

occhi corse lo sguardo di quel giorno in cui, nella camera vecchia, gli aveva confidato il suo segreto.

Vittorio si alzò per andare via. Stavolta sorrise: Giovannino stava per mantenere la promessa che aveva fatto a *iddu*.

«Com'è che te ne vai?» chiese il signor Piparo.

«Niente... Sto pensando che mia madre è da mia nonna ed è meglio che la riporto a casa prima che si faccia troppo tardi.»

Andò via.

Il signor Piparo puntò la seconda sarda salata: «Io qua ci vengo ogni tanto perché sono solo... A casa non ho una persona che mi cucina. Tu ci devi pensare a queste cose. Un uomo a una certa età si deve sposare. Perché se no, poi si resta soli».

Indicò la 'gna Concettina che, per quanto grassa e avanti negli anni, si muoveva tra i tavoli con una certa agilità: «Le donne, da sole, si sanno adattare. Cucinano, lavano, stirano... Tutte cose fanno. Un uomo no. Lo vedi come si riduce?»

Indicò il colletto della sua camicia, obiettivamente disastrato.

Giovannino notò che sotto l'effetto del secondo quartino, il signor Piparo si stava commiserando.

La corrente era andata via, come ogni tanto succedeva nelle sere di pioggia. E di taglio, la luce del lume che la 'gna Concettina aveva messo sul tavolo accanto rendeva ancora più tragica la maschera di un uomo che non si era mai fidato di nessuno, che non si era mai fatto avvicinare da nessuno e che chissà perché adesso si stava confidando con un ragazzo di ventun anni.

«Tu non devi fare le fissarie che ho fatto io... Ti devi sposare.»

«Certo, certo... Già l'ho adocchiata una ragazza che mi piace...» E poi, dandogli improvvisamente del tu: «Come a tia ti piaceva mia madre. Che non potevi sposare perché era già sposata con mio padre. E che però, anche se a mio padre qualcuno lo ha levato di mezzo, ti ha rifiutato lo stesso».

«Ma che stai dicendo?»

Giovannino lo spinse contro il muro.

Quello che era stato il signor Piparo era uno straccio di uomo che si faceva coraggio morendo di paura: «No. No».

«A Gisimunnu, Gisimunnu!» gli disse Giovannino.

Lo chiamò a bassissima voce col nome che suo padre aveva gridato dietro al suo assassino dandogli poi del «figlio di buttana».

Gisimunnu sentì qualcosa di metallico e di freddo sul fianco sinistro.

Inutilmente invocò pietà con uno sguardo che si spense sotto i due colpi di pistola che seguirono.

«Gisimunnu!» ripeté ancora Giovannino. «Figlio di buttana!»

Il frastuono che fece il tavolo contro il quale Gisimunnu scalciò prima di cadere a terra ovattò il rumore in parte già ovattato degli spari a bruciapelo.

Quando i carabinieri arrivarono, la 'gna Concettina disse che il signor Piparo si era sentito male.

In effetti, con tutto quel sangue sparso contro la parete non si sarebbe potuto dire che stesse bene.

«Ma chi c'era con lui?» chiese un carabiniere.

«Nessuno. Solo era. E quando si è sentito male io ero sotto a prendere un altro boccale di vino.»

Essendo un lunedì, nella ramuzza i clienti non si accalcavano.

Furono fatte delle indagini, vennero interrogati i vicini di casa della 'gna Concettina.

Nessuno aveva visto o sentito.

Esattamente come quella sera in cui qualcuno aveva ammazzato Ruardo.

# *La poesia*

Una vecchia ciabatta ad uno straccio
disse quasi piangendo, contrariata:
«Non ci hanno dedicato neanche un verso.
Né in rima sciolta né in rima baciata!»

Un sacco di immondizia disse: «È vero!»
Lo straccio aggiunse allora: «Brutta sorte.
Quest'essere ignorati dentro ai versi.
Praticamente è una condanna a morte!»

Issando il vecchio sacco d'immondizia
come bandiera, sopra ad un bastone,
decisero di andare a protestare
direttamente sotto al suo portone.

Sentendosi chiamare, la Poesia,
molto elegante e assai ben pettinata,
aprì il balcone, si affacciò, cortese.
E salutò. Era anche profumata.

Lo straccio urlò: «Noi sempre trascurati
e invece a luna e stelle, proprio tu
hai dedicato tanti di quei versi
che francamente non se ne può più».

Il sacco di immondizia andò al problema:
«Io non capisco perché mi hai ignorato!»
Lo straccio aggiunse: «Sono troppo offeso:
perché su me non hai mai verseggiato?»

E la Poesia: «Davvero voi pensate
che sareste altri, meglio, anche diversi?
Se generosa, quale in fondo sono,
vi avessi dedicato quattro versi?

Anche se adesso vi sistemo in rima
non cambia nulla perché resterete
ciabatta, straccio e sacco di immondizia,
esattamente ciò che adesso siete!»

# *La gioventù*

Guardando indietro non so dire quante...
Sinceramente forse pure tante.
Però se vi ricordo so il perché:
in ognuna di voi c'è un po' di me...

C'è, da ragazzo, il folle, l'assennato,
il visionario, il timido, il poeta,
il superimpegnato, il fannullone,
il sognatore inutilmente a dieta.

C'è lo sprecone, c'è il parsimonioso,
quello che il calcio e legge Topolino,
quello che Umberto Eco: l'impegnato
con Proust e Kafka sopra il comodino.

Uno tra tante. Con le mie passioni.
Tempi che sembra ieri e son lontani.
Ricordi di ricordi che riacchiappo
se stringo il tempo dentro le mie mani.

Le prime canzonette al pianoforte.
Giro di do, terzine improvvisate.
Amore, cuore... Rime anche banali
per certe storie mai dimenticate.

Mio padre sempre attento, preoccupato
non invadeva la mia libertà.
Però si domandava certamente:
«Che sta facendo? Dove arriverà?»

Ora, arrivato, pure ben vestito
con macchinone ed un buon conto in banca
ma quanta voglia di quel tempo andato:
la mente ci ripensa... non si stanca.

La nostalgia di un tempo scombinato
e però bello, che non torna più
ha un nome breve e dolce. Lo conservo
nel cuore mio. Si chiama Gioventù.

# *La mia Marì*

Pensieri sparsi. Quanti amori andati
se cerco dentro gli anni tanti i volti.
Ritornano… Ma i nomi?
Lontani ormai. Certi dimenticati.

Francesca, Giulia, Gianna… Caterina…
Aurora? Forse Monica. O Sofì.
Carmela detta Deborah o Tiziana?
Faccio così, vi chiamerò Marì.

Marì la bionda, allegra, tutta gioia.
Marì la mora, timida. Che noia.
Marì che a Pasqua dentro al tuo portone
mentre tua madre passa in processione.

Marì pronta all'amore ogni momento.
Marì: i sedili della mia Seicento.
Mentendo amore eterno tra di noi
per dare un senso a un sesso senza poi.

Marì sempre pimpante. La bugiarda.
Tu non dicevi mai dov'è che andavi…
Ma si leggeva chiaro dentro agli occhi
che avevi fatto quando ritornavi.

La nostalgia ritorna da lontano.
Si affaccia al cuore piano piano piano…
Anche se io alle volte ho detto «basta»
qualcosa in fondo al cuore mi è rimasta.

Marì quel ballo mano nella mano
sopra il terrazzo di Totò Giuliano.
Marì… quel braccio attorno alla tua vita
pensavo non sarebbe mai finita…

Marì che per venire al primo invito
avevi comperato un bel vestito.
Marì che hai pianto quando ti ho lasciato:
«Ed io il vestito per chi l'ho comprato?»

Di te cosa ne è stato? Con chi stai?
Chissà dove ti trovi. Cosa fai?
Adesso posso dirlo. Adesso sì.
Sei stata solo tu la mia Marì.

# *Quell'io...*

Ad occhi aperti, in una notte stanca
mi guardo attorno: cerco chi è che manca.
Cerco chi è andato via dopo l'addio.
Ma non sei tu che manchi. Manco io.

Quell'io che sono stato con te accanto.
Sembrava poco. Ma quell'io era tanto.
Quell'io, io cerco. Io non cerco te.
Quell'io che sono stato. E che non c'è.

Quell'io che all'alba non faceva a botte
con le ombre, coi fantasmi della notte.
Quell'io sempre sereno se sognava.
Ed era tutto bello. Perché amava.

Quell'io che con un chiodo o un temperino
grattava i nostri nomi nel giardino.
Mi manco io di quell'amore andato.
Mi manco io. Quell'io che sono stato.

Quel visionario lucido, ostinato
che aveva sempre fisso nella mente
quel bel successo che, quand'è arrivato
ha visto che cos'è. Che non è niente.

Quell'io dai tanti amici di una vita.
Il circolo, le carte, la partita...
Ma c'eri tu. E non li ha più cercati.
Quest'io li cerca: se ne sono andati.

Quell'io mi manca. Non mi manchi tu.
Quell'io che adesso io non sono più.

# *Ora che sai*

Le foto un po' sbiadite, i francobolli
la macchina da presa superotto
le tre pagelle della scuola media
un giradischi a pile mezzo rotto.

E quel maglione, collo dolce vita
per chi voleva essere elegante.
Il cravattino stretto per le feste,
i pantaloni a zampa di elefante.

E i dischi di quei nostri primi amori…
*Il cielo in una stanza*, *Io ho in mente te*
*I' te vurria vasà*, *Nessuno al mondo*
*E se domani*, e sottolineo se…

Sulle terrazze al mare coi festoni
di lampadine tutte colorate.
Suona il juke-box: tre dischi cento lire…
Per le coppiette appena innamorate.

*Grande grande grande*, *Arrivederci*,
*Romantica*, *Nel blu…*, *Non arrossire*
*Piove*, *La dolce estate*, *Senza fine*
sembrava non dovesse mai finire.

I nostri sogni dentro ad un juke-box
*Il cielo in una stanza, Se ci sei*
*Vorrei che fosse amore, Quando quando…*
Quante canzoni nei vent'anni miei.

Tornandoci, però, una fra tutte
sempre nel cuore. Non mi lascia mai.
Quella che Sergio Endrigo, quella sera,
da quel juke-box cantava: *Ora che sai.*

«Ora che sai guardare nei miei occhi…»
Quella canzone ancora fa così…
«Ora che sai», la mano nella mano.
Endrigo canta. E tu mi dici «sì».

Nei pantaloni a zampa di elefante
ci sono ancora in tasca cento lire.
Una moneta per la mia canzone
*Ora che sai.* La voglio risentire.

Però il juke-box non c'è. Finito via.
Come i vent'anni. Come il primo amore.
Per risentire adesso *Ora che sai*
metto le cento lire dentro al cuore.

# MARTEDÌ

# La piazza di Castroianni e il senatore Crisantemo

La piazza di Castroianni aveva sempre vissuto i grandi sconvolgimenti della storia con eventi epici.

Il più epico dei quali risaliva allo sbarco di Garibaldi in Sicilia, quando, alla testa di un gruppo di camicie rosse, a Castroianni era giunto Nino Bixio.

A San Biagio Platani, dove era passato da poco, ignoti burloni avevano voluto tirare un brutto scherzo ai vicini di paese informando Bixio che Castroianni era un covo di filoborbonici.

Il luogotenente dell'Eroe dei due mondi non era noto certamente per le sue buone maniere. I fatti di Bronte, qualche giorno dopo, lo avrebbero confermato.

E arrivato nella piazza e sceso dal cavallo, tanto per cominciare aveva insultato il podestà per prenderlo poi a schiaffi e calci nel sedere per dimostrargli la sua avversione.

Come Dio volle l'equivoco fu chiarito grazie anche a quattro muli carichi di pane, pasta, conigli, formaggi e altri beni commestibili che i garibaldini accettarono volentieri.

Qualche giorno dopo sarebbe addirittura arrivata una fotografia autografata, con la quale Garibaldi lodava il grande spirito patriottico dei castroiannesi.

Foto che Castroianni espone tutt'oggi con orgoglio nella stanza del sindaco.

Meno violento, ma altrettanto memorabile, quello che la piazza aveva vissuto alla fine dell'ultima guerra.

Le truppe americane erano sbarcate a Licata e, presa Agrigento, si avviavano a conquistare la capitale dell'isola passando per Castroianni.

Alcuni sbandati del nostro esercito, che non avevano ancora capito come stavano andando le cose, avevano pensato di potere fermare l'avanzata americana facendo saltare con la dinamite un ponte della statale che si trovava alle porte di Castroianni.

L'improvvida iniziativa aveva solo ritardato di qualche minuto la passeggiata degli americani che, guadando il fiume con i mezzi anfibi, avevano raggiunto facilmente la piazza del paese.

Quel luglio del millenovecentoquarantatré, podestà di Castroianni era il maestro Burgio, un mite insegnante che godeva della stima popolare.

L'avvocato Traina, suo avversario politico senza fortuna perché notoriamente portato all'interesse verso il denaro pubblico, diceva: «Se io entro in banca per prendere dei soldi dal mio conto: "Attenti, potrebbe fare una rapina". Se entra il maestro Burgio con una pistola in pugno: "Niente, deve fare un prelievo"».

Mite, con l'aria buona e obiettivamente rassegnato, di fronte all'inesorabile arrivo degli americani Burgio era sceso dal municipio per accoglierli scortato da due impiegati e preceduto da una guardia municipale che reggeva il gonfalone.

Pronunciando un «thank you» che non c'entrava niente, ma che era l'unica cosa di internazionale che era riuscito a pensare, si era inchinato deferente davanti al colonnello che comandava la divisione e a capo chino gli aveva teso la mano destra.

Il colonnello aveva fatto un cenno in direzione dei mezzi corazzati dai quali si affacciavano militari che puntavano minacciosamente mitra e fucili sulla popolazione.

I conduttori dei mezzi avevano spento i motori. Era scoppiato un fragoroso silenzio.

Ritenendo che a far saltare il ponte fossero stati i castroiannesi, invece di stringergli la mano il colonnello aveva assestato al podestà due sganassoni che erano echeggiati nella piazza come due fucilate.

Evidentemente, i ceffoni facevano parte del destino dei podestà di Castroianni!

Il maestro Burgio aveva perso l'equilibrio e si era rovesciato all'indietro. Niniddo Lo Re, la guardia municipale, che reggeva il gonfalone, perso a sua volta l'equilibrio, aveva appioppato il gonfalone sulla testa del podestà.

Donna Rorò, la moglie del maestro, che stava seguendo la scena dal balcone di casa, aveva tirato un urlo e si era accasciata priva di sensi.

Per quanto americano e per quanto incazzato, di fronte allo svenimento di una signora, il colonnello si era ritenuto in dovere di riparare.

Era corso verso il portone del palazzo, a grandi falcate aveva salito le scale e ringraziando la cameriera che aveva aperto la porta aveva raggiunto donna Rorò che giaceva ancora inebetita sul balcone.

Con qualche buffetto e appropriati baciamano l'aveva rimessa in piedi.

«Viva gli americani», gridarono dalla piazza sancendo il patto di amicizia con la nazione con la quale fino a quel momento eravamo stati in guerra.

Dalle jeep anfibie e dalle torrette dei carri armati, i soldati americani che fino a pochi minuti prima sembravano pronti a sterminare la popolazione avevano risposto lanciando gomme da masticare, tavolette di cioccolato e pacchetti di Chesterfield senza filtro.

La piazza, che fino a pochi giorni prima aveva ascoltato entusiasta dagli altoparlanti comunali i discorsi del Duce e quelli in lingua tedesca del Führer, esplose in un applauso che sanciva il patto di amicizia con i nuovi alleati.

In tempi di ormai conclamata democrazia, la piazza si apprestava a vivere un terzo evento. Non certamente clamoroso come quelli che avevano salutato il passaggio dei garibaldini e l'arrivo degli americani.

Ma certamente curioso, non fosse altro perché ne era protagonista un senatore della Repubblica che, benché titolare di un normale cognome, veniva indicato come il senatore Crisantemo.

Il soprannome gli proveniva dal fatto che per ben tre legislature, pur essendo risultato solo primo dei non eletti, era riuscito a entrare al senato subentrando a poveri, sfortunati colleghi che avevano lasciato il posto vuoto: due per sopraggiunte malattie, il terzo per un incidente che, pur avvenuto alle porte di Roma, la malevola voce popolare aveva attribuito a Crisantemo, pronto con la valigia a partire per la capitale.

Adesso correva per la quarta elezione, non si sa a danno di quale sventurato.

La piazza era affollata come non la si vedeva più da tempo.

Gente dappertutto. Fin sulla scalinata della Chiesa Madre e oltre l'imbocco del corso Umberto.

Quando il segretario politico lo ebbe presentato alla folla, Crisantemo si avvicinò con sussiego al microfono.

Con le nocche della mano destra batté due colpetti come si usava allora per verificare che il microfono funzionasse, si schiarì la voce e puntando teatralmente l'indice sulla piazza gremita attaccò: «Cittadini di Castroianni...»

I cittadini di Castroianni, che fino a quel momento erano rimasti in sospettoso silenzio con le mani affondate nelle tasche per gli scongiuri che il caso richiedeva, con tempismo straordinario, tutti insieme, gli voltarono le spalle e marciando in senso inverso rispetto al palco dal quale si affacciava l'oratore si allontanarono scandendo un assordante: «Ciufff! Ciufff...!!! Ciufff! Ciufff...!!! Ciufff! Ciufff...!!!»

Era il fischio di un sognato treno a vapore che a Castroianni non era mai arrivato. Ma che Crisantemo, dallo stesso balcone, quattro anni prima, aveva assicurato sarebbe arrivato perché avrebbe ottenuto dalle Ferrovie dello Stato lo spostamento alle porte del paese della stazione ferroviaria che stava nella vallata e che nella vallata era rimasta.

Il senatore si ritrovò spiazzato.

E dire che si era preparato un bel discorso ricco di nuove promesse.

Ma con una piazza completamente vuota a chi le avrebbe raccontate?

A parte il senatore Amantia, rimasto in piedi, alle sue spalle, pietrificato dalla vergogna, gli unici spettatori in zona erano i quattro evangelisti di argilla cotta che invecchiavano da duecento anni sulla facciata barocca della Chiesa Madre.

Da politico navigato il senatore se li fece bastare.

Toccò subito il doloroso problema delle miniere di Castroianni e spiegò che la loro chiusura era la conseguenza della enorme quantità di zolfo proveniente da oltreoceano che aveva invaso il mercato mondiale.

Ricordò che scoperti i giacimenti in Louisiana e nel Texas, gli americani avevano cominciato a estrarre lo zolfo con grande facilità utilizzando il procedimento ideato dal chimico Hermann Frasch.

Con sorprendente competenza spiegò che la innovativa tecnica consisteva nel calare nelle viscere della terra tre tubi concentrici il più grande dei quali, quello esterno, di materiale resistentissimo, funzionava da trivella.

«Nello spazio che si trova tra il tubo esterno e quello intermedio gli americani sparano getti di acqua surriscaldata a duecento gradi. Il vapore, raggiungendo le profondità, fonde lo zolfo, lo separa dalle zolle inerti e attraverso il tubo centrale lo spinge liquido a pressione fino alla superficie. Da qui viene convogliato dentro appositi contenitori nei quali si solidifica già purificato, pronto per essere immesso sul mercato a prezzi stracciati.»

Non avendo interlocutori in carne e ossa e volendo deliberatamente ignorare Amantia, in rappresentanza dei castroiannesi scelse le statue degli evangelisti Marco e Giovanni che gli stavano davanti sul cornicione più basso della Chiesa Madre. Li puntò con la mano destra: «È così che vi hanno rovinato la piazza!»

Gli evangelisti, naturalmente, restarono di sasso. Anche quelli che stavano sul cornicione più alto.

Il senatore si imbarcò quindi in una spiegazione troppo colorita per un dialogo con delle statue, ma certamente chiarificatrice: «Mi domanderete: perché allora nelle nostre miniere della Ciavolotta, di Grubbio e di Ferro Roveto non facciamo quattro buchi pure noi ed estraiamo lo zolfo come quelli del Texas? Perché gli americani hanno culo». Rendendosi conto che l'espressione non era una di quelle che si possono pronunciare davanti a così autorevole pubblico, si corresse: «Volevo dire sono fortunati. Lo zolfo, infatti, lo trovano al massimo a trenta metri mentre in Sicilia, per andarlo a prendere, dobbiamo scendere almeno fino a quattrocento metri sottoterra. E se venisse usato il metodo Frasch, i getti d'acqua arriverebbero ghiacciati, lo zolfo non si scioglierebbe e resterebbe inerte nel sottosuolo».

Tornò a puntare le statue e sparò la fantastica idea che avrebbe dovuto ridargli la fiducia dei castroiannesi: «Ma oggi io vi dico che le vostre, le nostre belle miniere, momentaneamente abbandonate, possono tornare attive. Hanno solo bisogno di un metodo di estrazione nuovo, più economico di quello usato dagli americani, più competitivo e moderno. Il metodo c'è e viene dalla Cina e tecnici di mia fiducia che lo hanno studiato hanno steso una relazione che lo dichiara tre volte più economico del sistema che usano gli americani. Con la prossima legislatura promuoverò l'acquisto del brevetto da parte del nostro governo e le vostre, le nostre miniere potranno essere riaperte! Ri-a-per-te, dico! E i castroiannesi ritroveranno il perduto lavoro. Viva lo zolfo siciliano, viva lo zolfo di Castroianni!»

A rigor di logica, gli elettori non avrebbero avuto bisogno di aspettare la prossima campagna elettorale per voltare le spalle all'oratore, dato che il progetto cinese era un'altra delle sue panzane.

Invece, così come era accaduto con la promessa della stazione ferroviaria, anche questa volta i castroiannesi, intesa sia pure da lontano l'insensata promessa, abboccarono.

E grazie anche a loro, per la quarta volta Crisantemo risultò primo dei non eletti.

Stavolta si rese addirittura protagonista di un capolavoro.

Subentrò a un vivo.

Due giorni dopo le votazioni, il senatore eletto venne riconosciuto colpevole di voto di scambio per avere promesso agli elettori almeno cento impossibili posti di lavoro come commessi al senato.

Ed era stato arrestato.

Jellato da Crisantemo?

No. Questa se l'era proprio cercata.

# *La Ricchezza*

In cima allo scalone della reggia.
Tutta collane e anelli di brillanti,
apparve in pompa magna la Ricchezza
con ai suoi piedi tutti i postulanti.

Veniva riverita a capo chino,
dal peggio che si trova in società.
L'ipocrisia mentiva ammirazione
senza vergogna e senza dignità.

A un certo punto si sentì un rumore.
«Chi è che disturba questa vita mia?»
Si avvicinò una vecchietta smunta:
«Non mi conosci? Son la Malattia!»

«Vai via, non accostarti ai miei brillanti.
Sei qui vorresti forse rapinarmi?
Chiamo la polizia così ti blocca.»
«Ma io son vecchia, stanca e non ho armi.»

«Io chiamo!» «Ferma, quando arrivo io...»
disse la Malattia con gran candore.
«La polizia può fare molto poco.
È meglio se ti chiami un bel dottore!»

In quell'istante si sentì sfinita.
Era la prima volta. E la Ricchezza
corse a sdraiarsi sopra ad un divano
per fronteggiare quella sua stanchezza.

«Non so cos'è. Mi sta mancando un quid...
In vita mia non mi era capitato...
Ma se ne avessi avuto mai bisogno
io sono certa che l'avrei comprato.»

La Malattia spiegò: «C'è una cosetta,
che chiamano Salute. Hai inteso mai?
Qualcosa che coi soldi non si compra
e quando viene meno sono guai!

Quel quid che adesso sta mancando è lei
che, dalla tua arroganza disturbata,
si è chiesta: "Io con questa che ci faccio?"
Così, presa la porta se n'è andata».

A corto di Salute, la Ricchezza
fece fatica. Ma lasciò il divano.
Corse a chiamarla. E quando ricomparve,
stesa ai suoi piedi, le baciò la mano!

# *La Verità*

Sul ciglio di un gran fiume che scorreva,
vestita di silenzio e dignità,
sedeva una signora silenziosa
e tanto sola. Era la Verità.

La quale si chiedeva, riflettendo:
«Che mondo è questo? Dove son finita?»
Il fiume che scorreva lì davanti
lei lo sapeva bene: era la vita.

«Per tanti sono scomoda, lo ammetto.
Per certi una nemica, addirittura,
perché dico le cose come stanno.
Senza pietà. Perciò faccio paura.

Spavento furbi, ladri e lestofanti
che fanno dell'imbroglio una ragione
mentendo sopra tutto e contro tutti
pur di mandare avanti il carrozzone.

Sono sgradita a chi domanda sempre,
ma se hai bisogno, poi, ti pianta in asso.
A quelli che nascondono la mano
dopo che prima hanno tirato il sasso!»

Ipocrisia, Bugia ed Ambiguità
si erano intanto messe a complottare.
«Faremo tutti una gran brutta fine
se quella sciagurata non scompare!»

E la Bugia, di fatto gran codarda,
col fine chiaro di farla fuggire,
si finse coraggiosa, venne avanti
e ad alta voce cominciò a inveire:

«Tu, nella vita vera, non esisti.
Sei solamente il niente. Cosa credi?
Sei meno di quei sassi rotolanti
nel fiume che ti scorre sotto i piedi».

La Verità reagì restando zitta.
A schiena dritta e tanta autorità.
Sulle bugie della bugia, sconfitta
aveva vinto la sua dignità.

# *Il magazzino*

Avevo tra le mani questa chiave.
L'amavo molto quando, ragazzino,
mio padre, uomo semplice, ordinato,
chiudeva le sue cose in magazzino.

Anche io, a modo mio, ho un magazzino…
Con dentro tante cose accatastate
disposte in qualche modo un poco a caso.
Lasciate lì, ma mai dimenticate.

Se riapro, con la chiave, ci ritrovo
il mio triciclo ed altre cose belle,
i tamburelli che portavo al mare,
l'armonica e i pattini a rotelle.

Là sopra, tra i giocattoli di latta,
la giostra. E quel bellissimo aeroplano
che si muoveva a terra lentamente,
andava a corda, caricato a mano.

Quello lì in fondo è il mio primo acquerello.
Mia mamma lo vedeva proprio bello
ma un mio cugino lo trovava brutto:
ci sparò sopra e me lo bucò tutto.

I piatti di ceramica cinese
esposti al centro, dentro la vetrina,
sono un ricordo di Totò Sedita.
Me li portò in regalo una mattina.

Appesa al muro c'è una mia chitarra.
Non ero male quando la suonavo.
La foto con Michele Martorana
e i soldatini che collezionavo.

Sul tavolo il Geloso a quattro tasti,
i motivetti miei che ci ho registrato
facendo il cantautore si son persi.
Purtroppo... il nastro si è smagnetizzato.

C'è la mia prima, vecchia cinepresa
con i rullini, accanto, un proiettore
e quel microfonino a cavo lungo:
il mio gioiello da presentatore.

Col cravattino e il doppiopetto scuro
andavo alla ribalta, che emozione...
Erano gli anni belli... Si sognava:
chissà se un giorno alla televisione...

Poi la televisione... poi c'è stata...
E poi tanto altro nella vita mia.
Ma adesso il magazzino va richiuso
perché, se no, svanisce la poesia.

Concludo col più tenero ricordo:
in questa scatoletta, conservato
e ben riposto sul velluto rosso,
il primo anello che le ho regalato.

Quando poi ci lasciammo, ragazzini,
l'anello lei non lo ha voluto più.
Col groppo in gola disse quella sera:
«Così mi penserai. Tienilo tu».

Dentro al mio magazzino degli affetti
tra tutti è il più ben conservato,
nel cofanetto che si chiama cuore.
Per questo non si vede. È riservato.

# *La libertà*

Parlavano di un tale, di un ragazzo
del quale si sapeva poco o niente.
Però non risparmiavano giudizi.
Perché è così che va. Così è la gente.

Il tipo più loquace fra i loquaci
disse che lo chiamavano Totino
La sua sentenza era senza appello,
disse: «Quello è un diverso. Poverino!»

Poverino? Perché? Diverso! Allora?
Ognuno vive un po' come gli pare.
Che tribunale sei per stabilire
come va declinato il verbo amare?

Conta e riconta prima di parlare.
Prima di dire agli altri quanto pensi.
Specie se sono inutili ironie.
Non perderti in meschini doppi sensi.

I sentimenti volano più in alto
di ogni giudizio dato in tutta fretta.
E da quell'alto stanne pure certo
se sono puri non gli danno retta.

Dentro la libertà dei suoi pensieri
viveva quel ragazzo i sentimenti
nulla togliendo agli altri, andando dritto
nella sua vita. Senza infingimenti.

Quale diritto hai di interferire?
Ognuno vive un po' come gli va.
Con le sue gioie, con i suoi dolori.
Ma tutto dentro la sua libertà.

La libertà! Diritto senza appello.
Senza riserve. Senza condizioni.
Non c'è diverso ed è tutto normale.
Dove ciascuno ha le sue ragioni.

È giusto o no? E questo è bene o male?
Per ogni verità c'è una smentita...
Solo in un posto vive la morale...
È nella libertà. Perché è la vita.

# *Alla vita*

Perché la miseria? Il dolore
per quei tanti bambini lontani?
Perché questo mare insozzato?
Perché questa vita da cani?

Ascolta vita. Guarda con amore
chi sta da solo dentro una corsia
chi cerca di capire dove andare
e che ancora non trova la sua via.

Guarda quel vecchio, stanco ed umiliato
dalla ricca pensione che ogni mese
dopo una vita di lavoro e stenti
gli sa elargire questo bel Paese.

Guarda il ragazzo che non ha lavoro
e che per questo può sembrare strano.
No, non sgridarlo per qualche spinello.
Vagli vicino. Tendigli la mano.

Proteggici se puoi dai temporali.
Dietro le nubi fai spuntare il sole.
A chi arranca poggiato a un bastone
offri il tuo braccio, non solo parole.

Scendi nel campo e tra tutte le erbacce
cerca, trova e raccogli qualche fiore.
A chi starà piangendo può dar gioia:
è una carezza a quel povero cuore.

Senti, vita, difendici se puoi
da chi vuole rubarci anche il sorriso,
da chi vuole sottrarci le speranze
da quei bastardi col ghigno sul viso.

Dai bugiardi che san mentire aiuti
a chi chiede, a chi è solo, a chi ha bisogno
da chi non si vergogna di sfruttare
quell'occasione che protegge un sogno.

A quella madre che non ha più latte
e sta stringendo al petto il suo bambino
e che vorrebbe dargli la sua vita:
fai una carezza, restale vicino.

Per tutto il tempo ancora a noi davanti
e fino a quando dura la partita,
tra le tue braccia stringici di cuore
per questa tua esistenza: Grazie vita!

# MERCOLEDÌ

# Giovanni e Giovannino

Giovanni arrivò nella piazza del paese sotto un sole che bruciava i muri. Era il quindici di agosto e la gente stava a casa o in campagna.

Scese dalla sua lunga macchina blu e disse all'autista di restare ad aspettarlo.

Inoltrandosi nel corso Umberto, notò che quasi tutti i negozi, quelli che lui ricordava, non c'erano più.

Al posto della macelleria di don Cola Agnello c'era un negozio di scarpe. Chiuso, naturalmente. E al posto del caffè Impero c'era una tabaccheria. Dati il giorno e l'ora, chiusa pure quella.

Il paese era vuoto, come si diceva in quei casi. E lui aveva scelto giusto un momento come quello per ritrovarsi con la sua storia. Da soli.

Girò l'angolo e si trovò davanti il palazzetto a due piani in via Trieste 2. La casa dove era nato.

Seduto davanti al portone, un ragazzino minuto, coi capelli biondi, una camicia a righe bianche e azzurre e i pantaloncini corti retti dalle bretelle. Era Giovannino.

A capo chino ma con le orecchie tese ad attendere un segnale, il bambino era pronto a scattare per partecipare al gioco della *chiesa a correre*.

«Giovannino. Che ci fai qui?»

«Quello che ci faccio da sempre. Sei tu che te ne sei andato!»

Giovanni non frequentava da tempo la commozione. Aveva fatto carriera senza mai voltarsi indietro, puntando solo quello che aveva da raggiungere.

Sentì, con sorpresa, che gli stava venendo come un groppo alla gola.

«Vieni, vieni. Fatti guardare.»

Giovannino si alzò e gli andò incontro.

Giovanni gli carezzò i capelli e gli riaggiustò una delle bretelle che, come sempre, a Giovannino, gli scivolavano sulla spalla destra rendendo sghembi i pantaloncini che con tanto amore la zia Giuseppina gli rabberciava fino al momento di buttarli via perché troppo sdruciti.

«Dove sei stato?» domandò Giovannino stupendosi, puntando quella faccia da grande che gli era così incredibilmente somigliante. E che aveva però i capelli bianchi.

«Qui in paese dicono che hai fatto carriera! Che sei diventato uno della televisione!»

Giovanni scosse la testa.

Di fronte a sé stesso bambino non voleva ammettere di avere lasciato il paese per quella televisione che da sempre era stata la sua mania.

«Ora che sei importante, dove vivi?»

«A Roma vivo, ma aspetta... dimmi piuttosto di Michele Martorana, di Carminuzzo...»

«Loro ci sono sempre. Non se ne sono andati come hai fatto tu. Se fossi arrivato due minuti prima li avresti incontrati. Adesso sono andati a nascondersi nelle strade qua vicino. Te lo ricordi come è il gioco della *chiesa a correre*?»

«Certo che sì. Questo portone è quello che si chiama *chiesa*. Quando si gioca in tre, due scappano tra le strade vicine e quando grideranno "*Totì*", quello che si trova davanti alla chiesa dovrà cercarli, raggiungerli e acchiapparli prima che loro rientrino in questa strada e, senza farsi prendere, riescano a toccare il portone della *chiesa*.»

«Bravo. Te lo ricordi, eh...? Forse hai giocato a *chiesa a correre* anche a Roma. Con tutte le strade che ci sono...»

«No, no. Lì ci si rincorre in altra maniera.»

«Ma ora che fai di preciso?»

Giovanni grande abbracciò Giovannino piccolo. Fece in modo che tornasse a sedere sullo scalone e gli si sedette accanto.

«E tu nella televisione ci sei entrato subito dopo essere andato via dal paese?»

«No, prima sono stato a Palermo. All'università. Ho studiato... Mi sono laureato in legge...»

«E poi?»

«E poi sono diventato avvocato... Mi sono laureato e ho fatto il concorso per fare contenti papà e mamma...»

«E com'è che sei andato alla televisione?»

«Mah... Perché... perché la televisione mi è sempre piaciuta. Te lo ricordi che quando ancora non l'avevamo a casa, andavamo a guardare i primi apparecchi che aveva in vetrina il signor Sanfilippo?»

«Vero è. E... uno che la televisione poi la fa, è felice?»

«Be'... proprio felice...»

«Totì...» fece in quel momento da lontano la voce di Michele Martorana.

«Ciao, Giovanni!» disse allora Giovannino quasi scappando.

Giovanni riuscì a fermarlo un attimo tirandolo per un braccio.

Giusto il tempo per tornare a carezzargli i capelli biondi che erano stati il suo orgoglio da ragazzino.

Giovannino svoltò l'angolo.

Giovanni allora, e non solo perché l'età non glielo consentiva più, si avviò verso la piazza lentamente, senza correre.

Si passò sul viso il dorso della mano sinistra.

Non poteva far vedere all'autista che gli era scappata qualche lacrima.

# *Il Buonsenso*

Vita e Buonsenso stavano di fronte.
Vedendola piuttosto malandata
pensò il Buonsenso, faccio il mio mestiere.
La poverina adesso va aiutata.

Le disse: «Aspetta qui, torno tra poco.
Voglio affrancarti da tuoi certi mali.
Io li conosco bene i tuoi nemici,
sono i famosi Vizi Capitali».

Poggiandosi a un bastone andò nel mondo:
«Adesso a noi, nemici della vita»,
gridò. «Io sono qui per farvi fuori.
Adesso ci son io. Per voi è finita!»

Così, affrontando tosto la Superbia,
con Avarizia e Invidia, spaventate,
disse anche alla Lussuria e pure all'Ira:
«Andate via o vi prendo a bastonate».

Poiché si era nascosta, per stanarla,
scese di corsa pure giù in cantina
l'Accidia stava ancora col pigiama
benché fosse passata la mattina.

Quella cercò pretesti, false scuse:
«Sto qui perché di là non so che fare!»
Però il Buonsenso fu determinato:
«Questa è la zappa. Mettiti a zappare».

La Gola, ultimo vizio ancora in piedi,
si stava strafogando in trattoria
davanti a due piattoni di lasagne.
Entrò il Buonsenso e glieli portò via.

Pensando di aver messo tutto a posto
tornò alla Vita, ma non la trovò.
Però sentì alle spalle un chiacchiericcio.
Incuriosito, allora, si voltò.

Erano i Sette Vizi Capitali
piuttosto allegri, mezzo avvinazzati.
«Ma come? Non vi avevo fatto fuori?
Che fate qui? Perché siete tornati?»

Volle capire meglio, li raggiunse.
Ma la sorpresa non era finita.
Felice, assieme a loro, mezzo ubriaca,
molto esaltata, c'era anche la Vita.

«E tu perché sei qui tra i tuoi nemici?»
«Nemici? Questi sono la mia gioia.
Senza di loro sarei triste e spenta.
Sarei un'ameba. Morirei di noia!

Lasciami stare. Ormai ho capito bene
che senza le sciocchezze che tu dici,
senza trovarti sempre in mezzo ai piedi
saremmo tutti quanti più felici.

Quello che piace a me, le cose belle,
a causa tua, qualche sconsiderato
ha detto che fan male alla salute,
che son contro la legge o son peccato.

Ma io sono la Vita. Voglio vivere.
E contro ogni divieto, sai che c'è?
Avrò un bel mal di pancia, andrò all'inferno,
però le voglio fare. Tutte e tre!»

Disse allora il Buonsenso: «Sto pensando
che pure non bisogna esagerare.
Hanno anche un senso queste tue ragioni:
un po' di vita te la lascio fare!»

## *Chissa dov'è...?*

Travolti dalla vita di ogni giorno
scompare a volte un poco del passato...
Oggetti, giochi, cose della vita...
Di tante cose mie... cosa ne è stato?

Chissà dov'è la prima macchinetta
con i pedali in latta colorata?
E i pattini con le rotelle in legno?
E quella bicicletta nichelata?

E pure la Olivetti che mio padre
mi regalò ancora da studente
per scrivere gli articoli al giornale
dal mio paese. Ero il corrispondente!

Chissà che fine ha fatto il giradischi
coi dischi di Dallara e Celentano.
E la Comet seconda per le foto?
E la Seicento di seconda mano?

Quella Seicento coi sedili stretti
e che però potevo ribaltare
quando, trovata la compagna giusta,
un bacio e ci si andava ad infrattare.

Ci sarà ancora? Boh? Dov'è il Geloso
col mobile di legno lucidato?
Il sabato, per quel televisore,
a casa nostra tutto il vicinato.

E la mezza medaglia dell'amore
che un Ferragosto ho dato a una Maria?
Chissà che fine ha fatto. E l'altra mezza?
Perduta certamente anche la mia.

Chissà che fa quel ragazzetto magro
che non giocava a tennis o al pallone.
Aveva un chiodo fisso nella mente:
voleva fare la televisione.

Dove sarà finito tutto questo?
Chissà dov'è? Dove sarà finita
la storia di un passato non passato
con tutti quei tasselli di una vita.

Tutto perduto? No, da qualche parte
sta conservato. E pure con amore
sta tutto in una piccola cantina...
Una cantina che si chiama cuore.

## *Quel Natale…*

Il giorno di Natale si sta insieme
a casa. Con gli amici, coi parenti…
Però da qualche parte c'è anche gente
che vive male, tra dolori e stenti.

In tanti che sfiniti, disperati,
consegnano la vita ad un barcone.
Salgono in massa, qualche volta in troppi
con la salvezza per destinazione.

Gente che in quei paesi a noi lontani
con una vita misera… sta male…
che non conosce il bene di un sorriso.
Non sa nemmeno cosa sia Natale.

Però a Natale in tanti son partiti.
Sopra un barcone. Il mare era agitato.
Gli scogli, le onde altissime, quel botto…
Di tanti di quei tanti, che ne è stato?

Stretto a quanto è rimasto del barcone
terrorizzato, il viso piccolino.
Uno. Soltanto uno si è salvato.
Ha gli occhi grandi, piange… Ed è un bambino.

Piange in silenzio mentre guarda il vuoto…
Non sa parlare… Non sa dire il nome.
Cerca chi possa tendergli una mano.
Però non sa nemmeno chi. Né come.

Da un mondo senza vita era partito
lasciando quell'inferno da una porta
aperta sui pericoli del mare.
Come possiamo dire: a me che importa?

Lo ha detto pure il papa. Sì, Francesco
parlando di quel mondo, di quei tanti:
«Non sono cose, oggetti tra le onde…
sono nomi. Cognomi. Sogni infranti».

Allora regaliamo il suo Natale…
a quel bambino giunto da lontano.
Non servono parole né canzoni
ci basta solo un gesto: «Qua la mano».

# *La canna da pesca*

Ha voluto una canna da pesca
il bambino davvero da amare.
Ma non vuole pescare dei pesci.
C'è dell'altro che vuole pescare.

Vuole prendere il sole, con l'amo
e di notte pescare le stelle
con quell'amo attaccato alla canna
vuol pescare le cose più belle.

Tutti i grandi che non hanno cuore
quella canna non sanno che sia,
è il bambino dal cuore gentile
a spiegarne la vera poesia.

Dice che quella canna con l'amo
può pescare, perché c'è l'amore
nelle stelle e nel sole del cielo
quella luce che cerca ogni cuore.

# GIOVEDÌ

# Il vescovo Peruzzo, il centrosinistra e gli ebrei

Il primo accordo politico tra democristiani e socialisti fu firmato per l'amministrazione comunale di Agrigento agli inizi degli anni Cinquanta.

All'epoca il vescovo di Agrigento era monsignor Giovanni Battista Peruzzo, un personaggio tosto, riverito da tutti e temuto per il suo carattere di ferro e per le sue posizioni intransigenti.

Quando ebbe notizia dell'intesa convocò in curia Lello Rubino, il segretario della Democrazia cristiana in Sicilia, e Gaetano Trincanato, che era il suo vice.

All'ora stabilita si fece trovare, in cima alla imponente scalinata della curia, con addosso i paramenti di un solenne pontificale, mitria in testa e alla destra il nodoso bastone pastorale d'argento sormontato all'estremità ricurva da un agnello che rappresentava il figlio della Santissima Trinità con una piccola croce sulla schiena.

Rubino e Trincanato riverirono in silenzio l'imponenza del vescovo che al loro apparire ordinò: «Venite avanti, sciagurati!»

Gli sciagurati vennero avanti e quando gli furono vicini il vescovo ordinò: «Inginocchiatevi».

I due eseguirono.

Appena gli furono a tiro, il vescovo, con un'energia che superava il rapporto con l'età ormai avanzata, puntò Rubino che era il segretario e perciò il maggiore responsabile, e assestandogli una bastonata gli conficcò sulla testa il muso e la croce dell'agnello d'argento.

«Ora alzatevi e seguitemi», disse con voce stentorea. E a Rubino, che cercava di fermare la colata di sangue che gli copriva l'occhio sinistro, per rendere ancora più umiliante la situazione aggiunse: «Non asciugarti».

Il canonico, che faceva da assistente, fece cenno ai due di seguire il vescovo che li stava precedendo.

Si ritrovarono in un salottino con una sola poltrona nella quale prese solennemente posto il prelato, che solo allora autorizzò Rubino a usare il fazzoletto.

Ai due, lasciati deliberatamente in piedi, fece una filippica rimasta storica.

Aveva voglia Trincanato a dire che in una giunta di nove elementi solo un assessore, per di più in un ramo poco importante come il turismo, era socialista.

Il vescovo disse che ci si trovava di fronte a un cavallo di Troia che, prima o poi, avrebbe portato dentro le fino ad allora linde stanze municipali, i comunisti, politici contigui ai socialisti e nemici della fede.

Ragione per la quale i responsabili erano destinati alla pena dell'inferno.

La reprimenda, per quanto decisa e violenta, non conseguì i risultati che il vescovo si proponeva.

Da quell'amministrazione di una città storica, ma pur sempre di provincia, la cronaca di allora e la storia oggi raccontano l'evoluzione politica del nostro Paese. Non si ebbe nemmeno notizia di quanti, per quei peccati, fossero finiti all'inferno.

Altro evento per il quale Peruzzo viene ricordato è legato alla storia di padre Angelo Ginex, un piccolo prete intelligentissimo, amato dalla popolazione religiosa.

Proveniva da un paese dell'entroterra e di lui si disse che, sostenuto dai potenti membri della curia, sarebbe stato elevato al soglio vescovile.

Il pomeriggio di un Ferragosto si ritrovò ad accompagnare il vescovo Peruzzo in una visita pastorale alla città di Sciacca.

I presenti raccontarono che, entrando nella cattedrale, Peruzzo venne accolto dagli applausi che solitamente gli venivano tributati quando, lasciata Agrigento, si recava in visita nelle altre città o paesi della provincia.

Ben altra fu la reazione all'ingresso di padre Ginex. Già ammirati per quello che si diceva di lui, i fedeli, salendo sui banchi e sulle sedie, gridarono entusiasti: «Evviva il vescovo Ginex».

Peruzzo, rigirandosi verso don Angelo, lo avrebbe fulminato con lo sguardo da dietro i suoi spessi vetri da miope. Gelosia? Chi lo sa.

Tant'è: Ginex non fu mai fatto vescovo.

Ma si fa un torto a Peruzzo se di lui viene ricordata solo la colorita storia della bastonata o la mancata elevazione al soglio vescovile di don Angelo Ginex.

Ben altri meriti è giusto riconoscergli.

Sul finire della guerra la città di Agrigento era stata invasa da orde di fascisti provenienti da Palermo e da Catania alla ricerca di ventidue ebrei che da tutta la Sicilia erano confluiti nella pacifica provincia agrigentina e che Peruzzo aveva nascosto per gruppi, tra le sacrestie, i saloncini di ricevimento e, il più vecchio, persino in una delle sue due camere da letto.

Quando quegli scellerati arrivarono al palazzo vescovile per la perquisizione, Peruzzo si presentò in cima allo scalone con i paramenti sacri e il bastone d'argento.

La sua autorità non li fece avanzare di un gradino.

È così che il personaggio va ricordato.

Onore al merito.

# *Vorrei*

Vorrei essere un pensiero
per star dentro la tua mente.
Vorrei essere il tuo tutto
mentre adesso sono il niente.

Vorrei essere lo specchio
che raddoppia il tuo sorriso.
La carezza del mattino
che si posa sul tuo viso.

Anche un alito di vento
per sfiorare i tuoi capelli.
Le canzoni che tu canti,
le tue strofe, i ritornelli.

La tua prossima vacanza,
un tuo voglio ma non posso.
Vorrei essere un mantello
per restarti sempre addosso.

Vorrei essere la casa.
Il terrazzo. Il tuo camino.
Vorrei essere le rose
che raccogli nel giardino.

Vorrei essere la neve
che si posa sul balcone.
Vorrei essere le note
di quell'ultima canzone...

Vorrei essere la foglia
dentro al libro dell'amore.
La poesia che ti commuove
che ti stringe in fondo al cuore.

Vorrei essere un tuo sogno,
la tua prima sigaretta.
Vorrei essere la sveglia,
il riposo, la tua fretta.

Vorrei essere un silenzio
che sa dirti i sogni miei.
E vorrei che tu sentissi
le parole che vorrei.

Vorrei essere ogni cosa
che ti trovi tra le mani.
Vorrei essere il presente.
Il tuo oggi. Il tuo domani.

Il tuo ieri, la tua infanzia,
i giocattoli di allora.
Vorrei essere, è il mio sogno,
quello che non sono ancora.

# *La fotografia*

Tra tante foto piccole, ingiallite
una ce n'è. Una in particolare
che custodisco dentro al portafogli:
la foto di una quinta elementare.

Disposti su più file, sorridenti,
vestiti bene con i grembiulini,
ad una prima occhiata, data in fretta,
sembrano uguali tutti quei bambini.

E invece no. La vita ha già deciso,
per tutti quei bambini, e sono tanti.
C'è una strada diversa che li aspetta
man mano che crescendo andranno avanti.

Mio padre mi diceva che i bambini
sono piccole navi. Intanto vanno…
Affronteranno insieme il mare aperto.
Si vedrà dopo dove arriveranno.

C'è in questa foto tutto il campionario
di quello che i bambini avranno attorno.
Ci sono le speranze, tante gioie,
anche le delusioni di ogni giorno.

Guardiamo adesso quel bambino in piedi
al centro, in prima fila, messo bene.
Davanti a lui le strade sono tante
e lui le guarda come si conviene.

Dietro al sorriso che gli fa da scudo,
si legge un sogno sopra quel faccino…
Sognava e sogna ancora, lo so bene,
perché quello sono io, da ragazzino.

# *Andiamo via*

Pronto ci sei? Scusami… Sto pensando
a quei momenti nostri… forse andati.
Quando eravamo noi… Te lo ricordi?
Che bella storia, insieme, siamo stati.

A un certo punto, poi, liberi tutti.
Io vado. Anch'io. Mi sento soffocare.
Ognuno su una strada divergente
che non portava al vecchio verbo amare.

E adesso qui, un'altra notte ancora.
Con i pensieri in gola… Che si fa?
Tu ed io lontani. Soli e prigionieri
delle due nostre uguali libertà.

Torniamo, dai, a quelli che eravamo.
Scappiamo. Sì. Vestiti come siamo.
Lasciamo tutto e andiamo. Andiamo via.
Facciamola, facciamo 'sta pazzia.

E riacchiappiamo il tempo che è scappato.
Torniamo a quelle notti in cui sognare,
con le canzoni dentro al giradischi,
era normale. Si poteva fare.

Quelle canzoni dove a un certo punto
l'orchestra, per intero, tanto è bello,
torna a suonare... lo risento ancora
come fa adesso, tutto il ritornello.

Scappiamo... Lascia perdere i vicini,
quello che dietro ci dirà la gente.
Passati i primi giorni, lo sappiamo
che in fondo in fondo, non le importa niente.

Scappiamo dalle nostre libertà.
E per un po' torniamo ancora noi.
Che bella storia, insieme, siamo stati.
Lasciamo tutto... Andiamo dove vuoi.

Stanotte. Ah... già... Di notte si riposa.
E poi l'età... No... Forse non è cosa.
Però vabbe'... Come se fosse stato.
È stato bello almeno aver sognato.

# *La margherita*

L'Amore puro si affacciò al portone.
Proprio davanti a lui c'era il castello
che disse: «Vieni a vivere qui dentro,
guarda come son grande. E pure bello.

Non manca nulla. Dentro queste mura
potrai trovare ogni ben di Dio».
L'Amore puro si scusò. «No, grazie,
non è quello che cerco e voglio io.»

Vennero allora avanti due brillanti.
«Cento carati a testa! Sono tanti.
Vieni, corri da noi. Stringiti al petto.»
«No. Non mi piace proprio stare stretto.»

«Questi carati ti faranno ricco.»
«Non mi interessa, no, potete andare.»
I due brillanti furono scortesi:
«Resterai povero. Ma fai come ti pare».

Dal prato si levò una margherita
ed all'Amore che era sul portone
disse: «Io non ho niente, posso darti
solo rispetto e tanta dedizione».

L'Amore allora si abbassò e gentile
prendendo in mano quella margherita
le disse a bassa voce… e con il cuore:
«Io e te? Certo che sì… Tutta la vita!»

In quell'istante si affacciò al portone
quell'altro Amore, quello praticone
che in quanto tale disse: «Tu sei bello!»
e corse tra le braccia del castello.

# *Le nostre cose*

Quando si è innamorati, certe cose
le vivi come un fatto eccezionale.
Piccole cose che tu vedi grandi.
Se si è ragazzi è pure naturale.

Le nostre cose le ricordo ancora:
la conchiglietta che sembrava un cuore,
la pallina di vetro trasparente,
il Pinocchietto con in mano un fiore.

E quel tappo di birra per ricordo
preso una sera nella birreria
dove cenammo con duecento lire
per poi dormire insieme a casa mia.

Il libro di poesie che mi hai portato
la prima sera che ci siamo visti
la mano nella mano, in pieno centro,
confusi tra la folla di turisti.

Piccole cose che però nessuno
ha detto mai di averle avute uguali.
Erano solamente di noi due.
Per questo ci apparivano speciali.

Ricordo l'orsacchiotto di peluche
che ti piaceva avere lì vicino.
Tutte le sere, quando andavi a letto
lo sistemavi sopra al comodino.

Le nostre cose, cose di ragazzi,
tutto sommato sì, piccole cose.
Piccole. E però noi ci amavamo
per questo ci apparivano preziose.

Il Pinocchietto, la pallina di vetro,
quella conchiglia a cuore, neanche d'oro
erano niente. Invece erano tutto.
Era l'amore a renderle un tesoro.

# VENERDÌ

# Erroffì

L'arrestato non era una persona qualsiasi.

Ufficialmente era il capo dei vigili urbani di un paese della provincia. Di fatto viveva la sua vita da amico di tanta, forse troppa gente importante. Fratello di una ex guardia del corpo di Umberto II, con forti aderenze a Roma, intratteneva rapporti con politici e magistrati, frequentava i migliori salotti della provincia ed era noto per essere abilissimo nel dispensare favori per riceverne altrettanti.

Era anche un bellissimo uomo: lo chiamavano *Erroffì* per la sua straordinaria somiglianza con Errol Flynn, divo del cinema degli anni precedenti.

Cinque, sei, sette macchine di carabinieri e polizia arrivarono davanti all'accesso secondario della questura. La mezzanotte era passata da poco. Erroffì non aveva le manette ai polsi. Scese dalla camionetta, che lo aveva portato fin lì, con grande autorità.

Imponendo quasi l'ordine di movimento ai carabinieri e poliziotti che lo circondavano, con passo regale, infilò a testa alta il portoncino della questura dando una pacca sulla spalla a uno dei due sbigottitissimi questurini che erano andati ad aprire.

L'indomani i giornali avrebbero scritto che forse era

stato trovato il killer di quello che tutte le prime pagine definivano «Il delitto dei delitti».

Il questore accolse l'arrestato con una certa cordialità.

Del resto, erano, o erano stati, amici. Partite di caccia, cene, forse a donne assieme. Persino un viaggio comune a Milano per una fiera di armi automatiche.

«Commendatore, che minchia è questa pagliacciata?»

«Errofflì, perché parli così? Noi amici siamo.»

«Ci avevo creduto... Fino a stanotte, però.»

«No, no. Lo siamo sempre. Perché se no ti avrebbero portato diritto al carcere di San Leo... E invece qua sei. Nel mio ufficio...»

«Certo. Per farci che?»

«Erroffli, tu sei uno dei migliori tiratori della provincia... Giusto?»

«Questo lo sa pure lei... L'ultima volta, alla Fabbrichella, se non era per me potevate cenare tutti a scatolette di tonno...»

«E invece grazie a te... conigli... pernici...»

«Allora? Che cosa mi vuole dire?»

Il questore lasciò la sua poltrona, girò attorno alla scrivania, lo raggiunse alle spalle e, quasi paterno, fece per mettergli una mano sulla spalla.

«Lo hai letto quello che hanno detto tutti i giornali: la persona che ha sparato al commissario è uno che ha una mira troppo, troppo precisa.»

Erroffli si alzò di scatto: «Figlio di buttana!»

«A chi lo dici?»

«A lei... no. A te! Basta con il rispetto e l'educazione.»

«In tribunale dicono che l'esecutore materiale potresti essere tu... Oggi a mezzogiorno ti volevano spiccare un mandato di cattura. Io ho pensato che era meglio mandarti a prendere riservatamente di notte e farti accompagnare a casa mia, per non farti fare le fotografie dai giornalisti... Così vediamo...»

«Con me non c'è niente da vedere.»

«Erroffli, io ti posso salvare... Posso evitare che ti mettano le mani addosso i magistrati. Ho giocato d'anticipo. Certo... tu in cambio magari mi dai un piccolo aiuto... Tu la sai la storia di Genco Russo e del feudo Manganaro del barone Salemi, no? Genco Russo, il feudo di Salemi, se l'è comprato per quattro soldi. Tandoy, il commissario morto ammazzato, da vivo ha fatto il mediatore e tu c'eri in mezzo...»

«Io non ne so niente...» si stizzì Erroffli.

«E no!» precisò il questore. «La Dauphine rossa chi te l'ha regalata, l'arciprete?»

«Me l'ha regalata il barone perché gli ho portato un notaio che ha fatto le pratiche svelte e a poco prezzo...»

Il questore tornò a insistere: «Erroffli, tu lo sai che i campieri del barone erano mafiosi che incendiavano il raccolto un anno sì e l'altro pure. Tu lo sai che Genco Russo ha fatto sapere al barone che lo poteva togliere dal fastidio comprandogli il feudo. A lui i campi non glieli avrebbero bruciati... No?»

Erroffli ascoltava il questore con gli occhi che sembravano di vetro.

La mano a portata di pistola e un mezzo sorriso, inspiegabile, sulla bocca.

Il questore andò al dunque: «Tu dove eri la mattina in cui hanno ammazzato Tandoy?»

«Cazzi miei. Dimmi invece cosa vuoi che io ti dica. Facciamo prima...» reagì violento Errofflì.

Il questore concluse: «L'affare è stato fatto con la mediazione del commissario Tandoy e tu, Errofflì, in qualche maniera sei intervenuto per ammorbidire il barone venditore. Ma ora Tandoy sarebbe partito per Roma, avrebbe avuto bisogno di altri soldi per pagarsi la gran casa che stava comprando nella capitale e aveva fatto sapere al compratore, Genco Russo, che *voleva essere aiutato*».

Errofflì non lo fece andare avanti: «Questore, lei mi sta dicendo che se io racconto che Tandoy ricattava Genco Russo a lei è facile fare due più due quattro. Genco Russo ha fatto ammazzare Tandoy e voi arrestate Genco Russo. Cioè lei prende il capo della mafia. Cosa che non è riuscita a nessuno. E lei fa una bella carriera. O no?»

«Se tu mi aiuti in questo, io posso ricambiare facendo in modo che non si pensi che a sparare a Tandoy sei stato tu... Può anche essere stato un altro... Che magari veniva da fuori... da un'altra provincia...»

Errofflì reagì pacato: «Tanto, fuori provincia ce ne sono altri bravi che sanno sparare come me... Lei trova un altro killer e io nella storia del commissario ammazzato c'entro solo perché sapevo che stava ricattando Genco Russo... io dico solo questo... Poi è lei che fa le deduzioni... In pratica... lei... tu... hai pensato di spaventarmi minacciando di farmi incriminare come esecutore materiale. Ma se io ho *la cortesia* di lasciare intendere che Genco Russo... che io conosco... è il mandante del delitto... un altro esecutore lo può tranquillamente trovare».

«Certo!» disse il questore.

Erroffì andò avanti: «Genco Russo va in galera... e io me ne esco pulito pulito...»

«Bravo. Tanto, prima o poi, Genco Russo bisognerà arrestarlo... Allora?»

Erroffì sbottò: «Allora sei un uomo di mmerda!»

E glielo ripeté urlando: «Un uomo di mmerda sei».

Ed estraendo dalla tasca posteriore dei pantaloni una piccola rivoltella, la puntò sul funzionario.

«Però attento. Prima che ammazziate pure me io... nelle corna ti piglio.»

«Ah, sei armato?!»

«I tuoi poliziotti non mi hanno perquisito, questore della minchia!»

Il questore capì che gli conveniva prendere le cose con calma: «Non fare pazzie!»

Il questore capì quanto gli conveniva prendere le cose con calma: «Non fare pazzie!»

«Io queste storie le conosco», attaccò Erroffì. «Di voi sbirri non bisogna mai pensare che si è amici... Mi avete usato, spremuto... Ora vi serve il pollo per fare carriera e il pollo sono io...»

«Ma no!»

«Sei un uomo di mmerda!» ripeté Erroffì giocando pericolosamente con la pistola.

Il questore per un attimo temette che stesse per sparare davvero. Ma Erroffì gli tolse il dubbio lanciandogliela contro sulla scrivania.

Nello stesso istante in cui il questore, senza prendere l'arma, stava per chiamare aiuto, Erroffì sussurrò un nome: «Amelia... la modista di Verona. Te la ricordi?»

Per il questore suonò peggio di una schioppettata: «Una calunnia, una volgare calunnia...»

«Anche quello che tu vuoi io dica di Genco Russo è una calunnia! E calunnia per calunnia... Io al prefetto la storia di Amelia ce la posso fare arrivare!»

«Ma tu che ne sai di Amelia?»

«Ne so, ne so... Quando eri commissario a Modena, quella donna sposata, che era rimasta incinta... Se si fosse saputo la tua carriera sarebbe andata a gambe per aria. L'hai convinta ad abortire. Solo che, quella disgraziata notte, nel palazzo della questura dove l'avevate trattenuta tra pentole di acqua calda e forcipi mezzo arrugginiti, una emorragia... e la poveraccia... Si era parlato di rapimento, di suicidio, di una follia improvvisa che aveva portato la donna all'estero. Tant'è. Non si è più ritrovata.»

«Come fai a sapere queste cose?» chiese spaventatissimo il questore.

«Il brigadiere Agozzino...» insinuò Erroffì.

«Il brigadiere Agozzino?»

«Eh... quello che ha fatto sparire il corpo. Era del mio paese, e una sera, ritornato in pensione, in trattoria, un bicchiere di vino appresso all'altro, due mesi prima di morire, come per levarsi un peso, mi ha voluto raccontare la storia, con nomi, cognomi... Ah! E il luogo nel quale il corpo è stato portato e dove credo si trovi tuttora.»

«Ricattatore!» gli grugnì in faccia il questore.

Errolflì reagì freddo: «Tu ora mi puoi anche sparare. E dire che lo hai fatto per difenderti, la pistola è la mia...»

Mentre il questore buttava uno sguardo verso l'arma che gli luccicava davanti, Erroffì proseguì: «Ma faresti un brutto affare. Perché questa storia, sotto forma di testamento segreto, l'ho depositata da cinque notai. E non tutti siciliani».

In una provincia che vive e muore di omicidi e ricatti una piccola assicurazione sulla vita non fa mai male.

«Ricattatore!»

Erroffli lo incalzò: «Capisco... La storia del feudo poteva essere buona per acchiappare Genco Russo. Ma avresti potuto inventarla senza la mia complicità e soprattutto senza ricattarmi. Signor questore, niente. Hai fatto una brutta pensata... Me ne posso andare, vero?»

«Io ci ho questi cazzo di giornalisti addosso... Come faccio a lasciarti così?» disse il questore. «Non posso dire che mi sono sbagliato. Almeno due giorni dentro ti debbo tenere...»

«Sì, ma non al carcere di San Vito», ribatté Erroffli. «Di Pisciotta ce n'è già stato uno. E poi, questore, i testamenti, la ragazza che ha abortito...»

Erano le sette di sera.

La Standa stava per chiudere. Due questurini uscirono, molli molli, da una porta laterale portando sottobraccio uno una coperta e l'altro due cuscini.

Erroffli aveva ottenuto di restare dentro l'ufficio del questore.

Dissero che l'interrogatorio continuava giorno e notte, che Erroffli era malato e dava di stomaco e perciò non potevano portarlo al carcere di San Vito. Dissero anche che il questore non poteva allontanarsi perché il momento era delicatissimo. Sta di fatto che Erroffli restò due giorni nella sua stanza con un questurino che, a ogni pranzo e a ogni cena, gli assaggiava bibite e cibo perché lui non si fidava di nessuno.

Poi trovarono le prove che Errofflì col delitto non c'entrava niente.

Da Palermo arrivò un uomo stimatissimo, il cavaliere Militello, che testimoniò sul suo onore che Errofflì, la mattina del delitto, era con lui a Belmonte Mezzagno.

E siccome c'era stato veramente, si aggiunsero le testimonianze di un maresciallo dei carabinieri e di alcuni passanti.

Con tante scuse della questura e vive espressioni di biasimo all'ignoto estensore della lettera anonima che aveva cercato di incastrarlo in quell'imbroglio.

Lettera anonima che lo stesso questore mostrò ai giornalisti e pubblicamente strappò per mostrare il suo schifo verso gli anonimi.

Ma soprattutto per fare sparire un foglietto che aveva scritto lui stesso in fretta e furia prima della conferenza stampa tanto per avere qualcosa a cui appigliarsi.

# *La vita e la libertà*

La vita stava lì. Forte e decisa.
Accanto a lei una grande verità.
Qualcosa che le dava il giusto senso
dell'esistenza: era la libertà.

La vita, infatti, che fa stare al mondo
ha nelle libertà quella ragione
secondo cui ciascuno può pensare
liberamente. Senza condizione.

La sentono nemica i prepotenti.
Sanno che abbatte troni e dittatori.
Che toglie le corone dalle teste
e che non riconosce i gran signori.

Per questo nei palazzi del potere
non c'è una porta che li faccia entrare.
Anzi, con gran protervia ed arroganza
la vogliono soltanto sopraffare.

Però nel nome suo, con giusto orgoglio,
anziani, donne, uomini, ragazzi
con le bandiere al vento, sono andati
gridando proprio sotto quei palazzi.

E sui tiranni, sempre, in ogni tempo,
come la storia insegna e ognuno sa,
con la potenza forte del pensiero
ha vinto sempre lei: la libertà!

# *La Vanità*

La Vanità, guardandosi allo specchio,
disse: «Io sono proprio tanto bella!»
Ed avanzando si pavoneggiava
mentre aggiungeva: «Sì sono una stella».

Ma la Saggezza che passava accanto
le disse: «Bella adesso! Ma vedrai
che il tempo non fa sconti. E andando avanti
per legge naturale cambierai».

E indicando una signora anziana
che stava lì, avanti, sulla porta,
chiese: «Lo sai chi è? La riconosci?»
«Non l'ho nemmeno vista. Non mi importa.»

«Invece guarda bene!» «È tanto brutta!»
disse la Vanità tutta stizzita.
«Non è bella né brutta. È la Vecchiaia.
È uno dei traguardi della vita.»

La Vanità rispose infastidita:
«Questa è una storia d'altri, non la mia!»
Chiamando ad alta voce la Sciocchezza
la prese sottobraccio ed andò via.

Rivolta alla Saggezza, la Vecchiaia
disse così: «Vabbe', lasciala andare…
tanto come si è visto nella storia,
col tempo, qui, da me, dovrà tornare».

Nelle poesie, si sa, succede tutto.
Pure che il tempo passi. Anche veloce.
Ed ecco che bussarono alla porta
dietro la quale si sentì una voce.

Corse ad aprire, allora, la Saggezza.
Ed entrò piano, a passi lenti e stanchi,
la Vanità. Sul viso tante rughe.
Era invecchiata e coi capelli bianchi.

Non era più arrogante. Cupa in viso.
Ed avanzò poggiandosi a un bastone.
A capo chino ammise ad occhi bassi:
«Sono venuta per darti ragione».

«Grazie», rispose allora la Vecchiaia.
«Resta serena: giorno dopo giorno,
si invecchia. E poi non c'è niente di male.
Basta apprezzare quello che hai attorno.

Basta capire che i capelli bianchi
non son vecchiaia, ma maturità.
E se vissute bene, anche le rughe
danno importanza e pure autorità.»

Facendo il baciamano alla Vecchiaia
chiamando la Saggezza disse: «Andiamo
ora ho capito bene ciò che conta,
quello che è giusto e noi che cosa siamo».

## *Tutto è relativo*

C'era il busto di un tale, con i baffi
immortalato in bronzo, in bella posa
per ricordare che nell'Ottocento
era stato ministro di qualcosa.

La banda suonò il *Piave* e tra gli applausi
si strinse attorno a lui una classe intera.
Per celebrare una importante storia
a tutti ignota. Eppure, forse vera.

La scolaresca lì davanti, in piedi
stava applaudendo un noto professore
che col discorso a lungo preparato
al busto in bronzo stava dando onore.

Venne deposta pure una corona
bellissima, intrecciata con l'alloro.
Però dato che tutto è relativo
il resto non concorse al suo decoro.

Sicché, mentre quel tale lo onorava
parlando in piedi sopra una panchina,
sulla sua testa scese un bel colombo…
Per lui era soltanto una latrina.

# *Il circo*

Quando col comicissimo Patata
il circo Kramer mise il suo tendone,
al mio paese, festa! Finalmente
qualcosa che facesse distrazione.

Il nome del padrone era Malrazzo
però con quella rima imbarazzante
si scelse un nome d'arte più appropriato
gradevole e un po' più gratificante.

Kramer gli suonava proprio bene
trovandolo provò soddisfazione.
Il nome era importante, ce lo aveva
anche un maestro alla televisione.

Lasciato il posto in banca per seguire
una soubrette di cui era innamorato,
Malrazzo lavorò nel circo Togni,
fin quando, un giorno, venne licenziato.

La vita lo portò a mettersi in proprio.
Per fronteggiare le più urgenti spese
aveva messo in piedi quel circhetto:
praticamente un circo di paese.

Acrobati? Funamboli? Macché.
In pista quattro artisti improvvisati.
Un cane che saltava dentro a un cerchio
e pochi incassi scarsi e risicati.

Mariangela ammaestrava le colombe
solitamente brutte spennacchiate.
Ma appena messe fuori dalle gabbie,
un batter d'occhio ed erano volate.

Nel cast c'era anche un mago, poveraccio,
che il pubblico fischiava platealmente:
con il magone, usciva dalla scena,
i trucchi suoi scoperti puntualmente.

Patata, con un vecchio mandolino
accompagnava a orecchio la 'gna Ciccia
che con la voce da mezzosoprano
cantava *Vincerò* e *La donna riccia*.

Gli spettatori, sempre più crudeli,
calcando sul finale un po' stonato,
gridavano che non avrebbe vinto,
che al massimo, avrebbe pareggiato.

Spettacolo da poco. Quello era.
Col pubblico che spesso scarseggiava.
Inutilmente sotto quel tendone
pure un trapezio che nessuno usava.

C'era salita Ginny, tempo prima.
Era caduta. Ma rimasta bella,
tutte le sere, pur se claudicante,
faceva pure lei la passerella.

Patata a volte presentava ad arte
una lucertolina e, spesso brillo,
diceva per chiamare la risata:
«Mi si è rimpicciolito il coccodrillo».

Si raccontava che qualche anno prima,
tra gli animali c'era pure un orso
e che però era morto per la fame.
A Kramer rimaneva quel rimorso.

Il circo e le sue tristi avversità:
un giorno, per il vento e un gran tifone,
Kramer e il comicissimo Patata
videro volar via il loro tendone.

Chi per aiuto si adattò a cucire…
E chi portò qualche lenzuolo usato.
Fu grazie all'intervento dei paesani
che quel tendone venne rattoppato.

Povero circo. Anche se malridotto
per me conserva la sua gran magia.
Nei grandi circhi, pure nazionali
non ho trovato mai quella poesia.

Per me, se penso a un circo, il circo è quello.
Il circo è Kramer con il suo tendone
e i pochi incassi scarsi e risicati.
Il circo è il mago, con il suo magone.

È il cane che saltava dentro al cerchio.
Il circo è Ciccia, pure se stonata,
che canta *Vincerò* e *La donna riccia*,
con Ginny e il comicissimo Patata.

# *Il viveur*

Era stato un viveur e ai tempi d'oro
passava il tempo tra ozio e minigonne
per conquistarle, grandi risultati
scrivendo le poesie alle belle donne.

Solite frasi, rondini nel cielo
che svolazzando andavano nel cuore
per ricordare il nome di una lei
che guarda caso, lui chiamava amore.

L'impegno era banale, certamente
eppure in qualche caso ripagava.
A volte, infatti qualche sprovveduta
colpita dalle rime ci cascava.

Bella la spola tra poesie ed amori.
Ma il tempo non ne fu condizionato.
Passò velocemente ed il poeta
si ritrovò in poltrona. Era invecchiato.

Altro che donne. Adesso impantanato,
proprio come una rana nello stagno
(la prostata non ammetteva sconti):
ora la spola tra poltrona e bagno.

# *I due bicchieri*

C'era un vecchio Bicchiere Mezzo Vuoto
sopra al bancone di una birreria.
Accanto, un bel Bicchiere Mezzo Pieno
tutto contento. Pieno di allegria.

Il Mezzo Pieno disse al Mezzo Vuoto:
«Non stare lì col muso!» «Cosa vuoi?»
rispose il Mezzo Vuoto contrariato.
«Se sto così non son fatti tuoi!»

«Su con la vita!» disse il Mezzo Pieno.
«Valuta bene. E stai bene attento...
Guarda la parte piena e, come me,
avrai ragione di essere contento!»

Il Mezzo Vuoto, con enorme broncio
disse: «Io guardo là dove mi pare!
Sono infelice! Guarda quanto vuoto!
Lo vedi pure tu. Non mi scocciare».

Accanto aveva un uomo brutto e nero.
«Questa è la vita mia, ma non lo vedi
chi ho qui accanto?» Ed in effetti il «tipo»
aveva un muso lungo fino ai piedi!

E si stracciava gli abiti di dosso.
Era nientedimeno il Pessimismo.
Accanto al Mezzo Pieno c'era invece
ed era tanto allegro, l'Ottimismo.

La controversia nata tra i bicchieri
ecco così che si spostò, frattanto,
tra i personaggi tanto differenti
che ognuno dei bicchieri aveva accanto.

Il Pessimismo, nero e molto cupo.
Invece l'Ottimismo, ben contento,
scherzava, canticchiava tutto allegro
e, per questa ragione, in quel momento...

venne raggiunto dal Divertimento.
Accanto a lui c'era pure la Gioia.
Accanto al Pessimismo, manco a dirlo,
apparvero però Tristezza e Noia.

Sparò il Divertimento una risata.
La Noia, presa in fronte, stesa a terra.
La Gioia intonò l'inno a tutti noto.
E la Tristezza cadde. Era una guerra.

Il Mezzo Pieno disse al Mezzo Vuoto:
«Hai visto che succede ai pessimisti?
Cambia punto di vista. Guarda il pieno.
Unisciti anche tu con gli ottimisti!»

«Non posso, io vedo solo questo vuoto.
Mi manca tanto. Manca una metà.
Ad essere contento non mi riesce
con quello che non ho come si fa?»

«Va bene», disse allora il Mezzo Pieno.
«Rimani lì. Tu fai come ti pare…
La mia metà mi basta, vado a bere.»
E col Divertimento andò a brindare!

# SABATO

# Il caso Gallo

Era la sera del 7 ottobre 1954.

Dai carabinieri di Castroianni, si presentò una donna per denunciare la scomparsa del marito.

L'uomo era uscito di casa alle quattro e mezzo di mattina del giorno precedente per andare a lavorare nei campi e non era più ritornato.

Lo scomparso si chiamava Paolo Gallo.

Le ricerche partirono dal risultato di un sopralluogo nella campagna di Lupo Nero, dove, vicino a un pozzo in un terreno di sua proprietà, gli inquirenti rinvennero un berretto con tracce di sangue che si scoprì appartenere a Gallo.

Si pensò subito a un'aggressione, perché la donna raccontò agli inquirenti che, pochi giorni prima, suo marito aveva litigato con il fratello Salvatore. I due non andavano d'accordo: tutto il paese era a conoscenza delle loro continue liti.

La causa del contrasto era proprio quel pozzo accanto al quale era stata trovata la coppola.

Dovendosi procedere alla divisione dei due ettari di terreno da tempo coltivati in comune, ognuno dei due pretendeva di aggiudicarsi l'ettaro arricchito dall'acqua di quel pozzo.

Il notaio Trafficante, al quale si erano rivolti per la definizione del caso, aveva proposto un sorteggio che i contendenti inizialmente avevano accettato.

Ma quando la sorte aveva favorito Paolo, proprio davanti al notaio, il fratello Salvatore aveva pronunciato un «Questo minchia di pozzo non te lo farò godere» che, messo a verbale dal brigadiere Amenta, gli era caduto sulla testa come una mannaia.

Sovrapposta alle notizie sulle continue liti, la coppola intrisa di sangue era stata sufficiente alla corte di assise di Agrigento come prova per infliggere a Gallo Salvatore da Castroianni, coniugato con Torrisi Giuseppa, la condanna a trent'anni di carcere con isolamento per i primi tre, considerata la pericolosità del soggetto.

Mancava il morto. Ma secondo i giudici bastava quella prova.

Salvatore Gallo era un contadino ostinato. Non si era arreso.

Pur stando in galera, e vendendo le poche cose che aveva, compreso l'ettaro di terreno senza pozzo che gli era toccato in sorte, si era affidato ai migliori avvocati della provincia che in corte di appello non erano però riusciti a ribaltare la sentenza.

La moglie Giuseppa non si dava pace.

Vero era che tra il marito e il cognato Paolo non correva buon sangue. Ma lei conosceva bene Salvatore. E non lo faceva capace di ammazzare una persona. Men che meno il fratello.

Chiese e ottenne, tramite un avvocato che trovò l'idea più che opportuna, di far dissodare i due ettari di terreno causa dei diverbi per dimostrare che il cognato non era stato sotterrato come qualcuno aveva detto, subito dopo essere stato assassinato.

Gli avvocati di parte avversa avevano controdedotto che, oltre ai due ettari di terreno causa della lite, sarebbe stato necessario far dissodare gli altri venticinquemilasettecento metri quadrati di terra nei quali si estendeva l'intera Sicilia e che corrispondevano a una quantità di ettari per dissodare i quali sarebbero stati necessari migliaia di dissodatori e decine di anni di lavoro.

La cassazione fu d'accordo e confermò la condanna.

Salvatore Gallo era in galera da più di ventisei anni quando Enzo Asciolla, abile giornalista della «Sicilia» di Catania, scoprì che il morto era vivo e che era volutamente scomparso per fare incriminare il fratello.

Asciolla fece la straordinaria scoperta grazie alla maestra di un doposcuola di campagna che gli mostrò un quaderno di esercizi scritti da un anziano contadino vagabondo, che per qualche settimana aveva frequentato la scuola serale e poi non si era fatto più vedere.

La calligrafia era identica a quella di un contratto di locazione sottoscritto molti anni prima da Paolo Gallo. Il giornalista era riuscito a scovarlo mentre dormiva in una casa alla periferia di Ispica, in provincia di Ragusa.

Tre giorni dopo il ritrovamento del fratello Paolo, Salvatore Gallo venne messo in libertà provvisoria. Non gli poté neanche essere accordata la grazia, in quanto provvedimento previsto per i colpevoli e non per gli innocenti.

Avendo indotto la giustizia a condannare un innocente, Paolo venne processato per calunnia.

All'epoca la revisione dei processi passati in giudicato non era prevista, il Gallo venne perciò assolto con una sommaria sentenza che parlava di insufficienza di prove. I giudici gli riconobbero di essersi limitato a scomparire dalla circolazione, null'altro avendo fatto a carico del disgraziato fratello che comunque, proprio a causa di quella scomparsa, si era beccato un ergastolo pieno.

Quando si dice la giustizia!

Nei mesi a seguire, sulla spinta emotiva di una vicenda del tutto nuova per la storia giudiziaria italiana, il Parlamento provvide a modificare il codice di procedura penale, ammettendo la revisione dei processi anche per i casi in cui «dopo una condanna per omicidio, sono sopravvenuti o si scoprono nuovi elementi di prova che rendono evidente che la morte della persona non si è verificata».

Le nuove norme stabilirono anche che le vittime degli errori giudiziari hanno diritto a un risarcimento da parte dello Stato.

Un paio di mesi dopo il giorno in cui era stato rimesso in libertà, Salvatore Gallo si presentò davanti alla casa in cui il finto morto era tornato a vivere. Lo aveva reso morto davvero e ai carabinieri che lui stesso aveva chiamato aveva detto di avere «restituito» al fratello quei trent'anni di galera che a causa sua si era fatto ingiustamente.

Naturalmente venne arrestato.

Di fronte alla corte di assise che si apprestava a giudicarlo, senza chiedere stavolta l'aiuto di avvocati, con la sua elementare logica di contadino aveva chiesto l'assoluzione, sostenendo che se un disgraziato ha pagato un chilo di pere e non lo ha mai preso, non è che quando lo va a prendere deve pagarlo di nuovo!

In pratica, avendo scontato più di ventisei anni per avere ammazzato un uomo che in realtà non aveva ammazzato, pensava di avere acquisito tutto il diritto di ammazzarlo.

Dopo una serie di camere di consiglio i giudici riconobbero che il ragionamento dell'imputato aveva una sua logica.

E tanto per non farsi fregare da un contadino, decisero di fargli scontare solo la premeditazione.

Dunque, pochi altri mesi.

Non avrebbero certo potuto dargli altri trent'anni: sommati ai quasi trenta che aveva trascorso in carcere si sarebbe arrivati a sessanta.

Obiettivamente uno sproposito.

Fu così che, dopo quegli ultimi mesi di galera e riacquistata la libertà, a ottant'anni suonati, Salvatore Gallo si recò in campagna, raggiunse il pozzo, ci calò dentro un secchio, e quando lo ebbe tirato su, lo tracannò con gusto.

Alla faccia del fratello che fino a quel momento glielo aveva impedito.

# *L'Odio e l'Amore*

L'Odio stava facendo del suo peggio:
baruffe, risse, stragi di innocenti.
Gente che si scannava per i soldi
conflitti, ostilità, bombardamenti.

Bambini che soffrivano la fame
perché in Paesi sottosviluppati
da chi invece pure lo poteva,
per odio non venivano aiutati.

Malati in posti senza un ospedale
perché in quei posti lì, causa la guerra,
marcivano per strada senza aiuti
senza un giaciglio giusto, certi a terra.

S'era ormai fatta notte e a una finestra
apparve un'ombra con in mano un fiore,
qualcuno chiese: «Cosa vuoi, chi sei?»
«Mi avete trascurato. Son l'Amore!»

E lanciò il fiore sopra quella gente
che restò muta, lì, senza parole.
Era di notte. Eppure, in quel momento
dentro ogni cuore era spuntato il sole.

# *La stazione*

Le volte che ritorno al mio paese,
in fondo a certe curve, abbandonato,
quella che un giorno è stata la stazione:
oggi solo un casale diroccato.

Ogni mattina, per quella stazione,
partiva dal paese un torpedone:
chi stava in piedi, chi si addormentava,
chi, appeso ai finestrini, vomitava.

Se frugo tra i ricordi di ragazzo
il sogno mio della televisione
con il biglietto che conservo ancora
parte da quella piccola stazione.

Un po' ingiallito, sulla scrivania
messo da parte ma con tanto affetto
come se fosse stato un passaporto,
conservo ancora quel vecchio biglietto.

Soltanto una stazione di passaggio:
qualche panchina ed un binario solo.
Per noi era come un ponte per il mondo.
Era da lì che si prendeva il volo.

Tutti schierati sopra al marciapiedi
in quel lontano tempo che ormai fu:
fermata Casteltermini-Acquaviva.
I treni adesso non la fanno più.

Palermo: per andare sveglia all'alba.
Quella che doveva essere una gita.
Fermandoci ad ogni stazioncina
viaggi che duravano una vita.

Borsoni pieni di ogni ben di Dio.
Mio padre, era all'antica, sempre attento,
se noi gli chiedevamo qualche cosa
offriva a tutto lo scompartimento.

Per risparmiare, viaggio in terza classe.
Sedili in legno, sì, ma che bellezza:
c'era qualcosa che li ammorbidiva.
Ricordo. Si chiamava giovinezza.

# *Il Silenzio*

Il Silenzio stava zitto.
Il Frastuono lo attaccò:
«Tu sei inutile, insensato,
la tua nota dice no.

Non commenti, non ammetti
non affermi e non dichiari
mentre io sempre, ad alta voce
dico, esprimo dati chiari».

Il Silenzio, in quanto tale,
non espresse alcun commento
indicando la Ragione
che appariva in quel momento.

«Cosa vuoi?» E la Ragione:
«Resta lì, non ti esaltare
nel Fracasso non c'è sempre
qualche cosa da ascoltare.

Mentre invece un bel Silenzio
sostituendosi a un discorso
può aiutare a meditare...
può creare anche un rimorso».

Il Frastuono non raccolse.
Tutto tronfio, pure grasso
non capì la spiegazione
compiaciuto del Fracasso.

Il Silenzio invece fiero
della propria identità
restò zitto. Aveva vinto
la sua forte autorità.

# *La morale*

Eccola pronta già di buon mattino…
Entra dal gran portone principale
gran manto rosso ornato di ermellino
da tutti riverita. È la morale.

La forza sulle ali del pensiero.
Per le coscienze in stato di scompiglio.
Per le anime depresse, disturbate.
Ecco il supporto al quale fare appiglio.

Quale è la strada giusta da seguire…
Quel che va fatto. Cosa è triste o brutto…
Soltanto adesso si potrà capire.
C'è la morale che chiarisce tutto.

Morale. La sentenza senza appello.
Il solo giusto metro di giudizio
che benedice ciò che si può fare
mentre condanna invece ciò che è vizio.

Ma attenti, perché a volte la morale
sottratta alla sua logica normale
è quello che la gente vuole e dice
quando gli rode perché sei felice.

# *Al monte dei pegni*

L'amore gli mancava.
Aveva un gran magone.
Il monte di pietà
era la soluzione.

Deciso a domandarlo
in prestito immediato,
entrò dritto per dritto.
Quanto era emozionato!

Per soddisfare subito
quel nuovo grande impegno
c'era però bisogno
di dar qualcosa in pegno.

Allora disse certo:
«Vi do quello che posso,
vi offro tutto l'oro
che adesso porto addosso.

Gli anelli, una catena...»
«Va bene li riavrai
se ci ridai l'amore
quando ritornerai.»

«Ed io ve lo riporto»,
rispose, «lo prometto.»
Uscì stringendo forte
l'amore dentro al petto.

Il tempo passò in fretta
doveva ritornare.
Giungeva la scadenza:
l'amore? Da ridare.

Però quanto era bello
quel gran piccolo amore
che per la prima volta
faceva ricco il cuore.

Così, con i pensieri
che aveva nella mente
«Quell'oro in garanzia»,
pensò: «No, non è niente!

Il monte si trattenga
gli anelli e tutto l'oro.
È questo amore piccolo
il mio vero tesoro».

# *A vent'anni*

Quel che resta, per terra, soltanto,
lì, davanti la panineria.
Il contorno tracciato col gesso...
di quel corpo che portano via.

Stava solo prendendo qualcosa
non pensava che fosse rubare:
a vent'anni se chiama la fame
qualche cosa bisogna mangiare.

«Va' e lavora!» Si fa presto a dire
«Al lavoro». Ma come si fa?
Se il lavoro lo chiedi ogni giorno
e nessuno però te lo dà.

Tu, padrone che sei pure ricco
e volendo sai pure parlare.
Tu potevi fermarlo altrimenti.
E però ti sei messo a sparare...

Vai ragazzo, ora vola leggero
vai lontano da un mondo insensato
che rubando la vita a un ventenne
gli sa dire: «Sei tu che hai rubato!»

Vai ragazzo, là dove tu vai
è possibile avere anche i sogni.
Non bisogna nemmeno rubare
perché lì non ci sono bisogni.

# DOMENICA

# La patria si serve anche da lontano

In una traversina della via Atenea, quella che portava alla vecchia posta, c'era la trattoria della Pompiera. Che detta così può pure strappare un sorriso malizioso.

Invece era la trattoria nella quale cucinava cose buonissime la moglie del cavaliere Aversa il quale, prima di andare in pensione diventando giustamente cavaliere, era stato un valoroso pompiere.

Negli anni a seguire i pompieri sarebbero divenuti vigili del fuoco. Il cavaliere Aversa non aveva fatto in tempo a beneficiare del cambio di denominazione. Così la sua trattoria era rimasta, tutto sommato più poeticamente, la trattoria della Pompiera.

Da quella cucina a portata di tavoli uscivano odori mai più risentiti, una magnifica pasta con le sarde chissà perché chiamata «alla milanese» e delle straordinarie «uova in cappello».

Tra una portata e l'altra il cavaliere Aversa amava intrattenere la clientela con racconti di vita militare: «*Era quasi la fine della guerra*... Gli americani erano ancora, anche se per poco, in versione nemici».

E in quanto tali avevano tirato su Agrigento un po' di bombe che avevano fatto tanti danni.

Poco dopo sarebbero divenuti «alleati», avrebbero portato i pacchi dell'Unrra, caffè, sigarette Chesterfield, chewing-gum, rock'n'roll e la cosa sarebbe finita lì.

Ma i morti c'erano stati...

L'ultima bomba su Agrigento, l'avevano sganciata intorno alla fine del 1942. Era dicembre...? Forse.

Quanto a date il cavaliere Aversa non era un fenomeno. Però i particolari li ricordava tutti. E la bomba la ricordava perfettamente. Perché lui, giovane pompiere, era dovuto correre con i colleghi nella parte alta della città: i futuri alleati la bomba l'avevano fatta cadere proprio lì. Vicino alla cattedrale.

Ma miracolosamente non era esplosa.

Per fortuna, ogni tanto, agli americani qualcosa non era andata per il verso giusto.

La bomba aveva centrato il grande serbatoio dell'acqua che si trovava poco lontano dalla chiesa dell'Itria ed era sprofondata là dentro senza fare danni.

Fosse esplosa sarebbe saltata in aria mezza città alta. Sarebbero andate giù centinaia di case. Forse il palazzo vescovile. Forse una parte della cattedrale, il seminario. Un disastro.

E invece no.

Scendendo in picchiata e sibilando, con il suo brutto muso sulle strade che avevano visto passare nel tempo san Gerlando, monsignor Gioeni e, in quel momento, anonime ma altrettanto brave persone, era andata a sfondare con la testaccia sua dannata il gran coperchio in legno che proteggeva da ratti e zanzare il grande serbatoio dell'acqua, croce e delizia, da sempre, di una città assetata.

Nell'impatto con il legno la spoletta (quella sorta di chiodone che battendo su un ostacolo rientra all'interno della bomba, urta contro il detonatore e determina l'esplosione) di fatto non era rientrata e quindi non aveva scatenato, come previsto dai coscienziosi costruttori, quell'inferno che una bomba lunga un metro e mezzo o due può scatenare.

Dico un metro e mezzo o due perché il cavaliere Aversa, che l'aveva vista da vicino, raccontava che aveva un diametro di trenta, quaranta centimetri e che «era enorme...»

Logica vuole che una bomba «enorme», con un diametro di trenta o quaranta centimetri, debba esser lunga almeno un metro e mezzo o due.

Sennò che bomba è?

Il cavaliere Aversa in questo ci dava ragione.

La bomba, «enorme» finché si vuole, dunque non era esplosa.

Forse perché era marcio il legno del coperchio del serbatoio contro il quale era andata a picchiare la spoletta, forse perché quella volta nel serbatoio c'era tanta acqua, forse perché il fondo limaccioso aveva fatto da ammortizzatore... Tant'è.

Il diabolico punteruolo che stava sul muso non era rientrato, non aveva battuto contro il detonatore, mezza città era salva.

Vennero, naturalmente, chiamati i pompieri.

E tra i pompieri il cavaliere Aversa, non ancora cavaliere, ma pompiere a tutti gli effetti.

Che con i colleghi si avvicinò a quello che sarebbe potuto diventare il luogo del disastro e che invece, fortunatamente, era soltanto il luogo nel quale era caduta la bomba.

Venne svuotato il serbatoio, vennero calate delle corde, venne fatta una acconcia imbracatura sugli alettoni posteriori della bomba che ormai sprofondava nel terriccio limaccioso, obiettivamente schifoso per un serbatoio di acqua da distribuire come potabile, ma forse provvidenziale in una circostanza di quel genere.

La gente venne fatta allontanare, le case furono evacuate perché non si sa mai, e lentamente, lentamente, l'enorme gru dei pompieri tirò fuori quella bestiaccia che avrebbe potuto ammazzare tutti.

Motociclette dei carabinieri davanti, autogru dei pompieri con la bomba penzoloni dietro, camioncino dell'esercito al seguito, tutti via a marce ridotte verso una zona lontana dalla città.

Il cavaliere Aversa ricordava una pianura compresa tra Agrigento e Aragona.

La bomba venne adagiata su covoni di fieno, mentre da tutte le parti arrivava gente che voleva sapere. Curiosi, spaventatissimi miracolati.

Un casino infernale che carabinieri e soldati dell'esercito facevano fatica a tenere a bada.

I pompieri agivano. Dovevano disinnescare quell'orribile ordigno.

«Allontanarsi, allontanarsi...» Ma la gente al massimo arretrava di qualche metro. Poi riavanzava.

Dopo averla lavata con getti d'acqua prudentemente non potentissimi, i pompieri si accorsero che il percussore era ancora fuori per tutta la sua lunghezza.

Non era rientrato.

Forse perché il coperchio del serbatoio contro il quale

aveva urtato era di un legno sfranto, e il fondo del serbatoio nel quale si era assestato era limaccioso.

Uno schifo, per un contenitore di acqua che avrebbe dovuto essere distribuita alla popolazione.

Certo, non si chiamavano ancora vigili del fuoco, erano dei semplici pompieri... Che ci si potevano far sopra tutte le battute che volete. Ma quanto a coraggio...

Per capire realmente come mai la bomba non fosse esplosa, sfilarono la prima grossa copertura scoprendo l'affusto interno che conteneva la polvere pirica.

Non credettero ai propri occhi: il percussore non era rientrato perché era stato saldato all'ogiva.

E non solo.

Un compatriota di quegli innocenti che si sarebbero visti arrivare sulla testa quella sventura non solo aveva reso inagibile il detonatore con la saldatura. Ma con un chiodo o con un cacciavite, a caratteri maiuscoli, tremolanti, aveva anche grattato tutto attorno un messaggio: «La patria si serve anche da lontano».

Un gesto eroico che gli sarebbe potuto costare il plotone di esecuzione.

Chissà se ha mai saputo di aver fatto grazia della vita a uomini, donne, bambini di una città a lui in quel momento lontana, forse sconosciuta, che si chiama Agrigento.

Tutte le volte che il cavaliere Aversa raccontava la storia gli venivano i lucciconi.

E pure a quelli che l'ascoltavano.

# *Cara Italia...*

Mia cara Italia, questa letterina...
La mando, sì, ma riservatamente
perché di certe cose, non so come,
ci si vergogna un poco, ultimamente.

Un giorno noi ti chiamavamo «Patria»,
vedo che lo ricordi pure tu.
Quel nome adesso dicono che è vecchio
perciò qualcuno non lo dice più.

E dentro quella «Patria» quanta storia.
Scrittori, artisti, pensatori, eroi
che vanno ricordati nel tuo nome:
son tanti e sono tutti figli tuoi.

Penso ai «Ragazzi del novantanove»
che nel tuo grande nome e con onore
in una guerra ormai dimenticata
la vita han dato, per il tricolore.

Già il tricolore, i nostri tre colori.
La nostra storia è lì, la storia vera.
Il bianco, il rosso, il verde, Cara Patria.
Ma quanto è bella la nostra bandiera.

Oggi la sventoliamo negli stadi.
Va pure bene, ma tanti anni fa,
il bianco, il rosso e il verde sono nati,
come i colori della libertà.

Tra le tue braccia, Patria, siamo nati
anche se a volte lo dimentichiamo
è grazie a te che siamo diventati
quello che siamo stati e ciò che siamo.

Allora, Patria, visto che il tuo nome
è vera storia e viene da lontano,
ai giovani ricorda che va detto
a testa alta: «Sono un italiano».

# *I nonni*

A noi da bambini, palloni e altalene,
il tempo dei nonni sembrava lontano.
Mia nonna Rosina seduta al braciere
con la crocchia bianca, rosario alla mano…

Non era arrivata la televisione.
Mio nonno Michele, di gran parlantina,
sedeva in cortile con tutti noi attorno
e ci raccontava la Biancarussina.

Ragazza assai bella, sognate ed ambite
le guance bellissime bianche e rosate
la più corteggiata dagli spasimanti
tra tutte le donne più belle ed amate.

E c'era anche chi consuma contento
magari soltanto per un baciamano
per strada, sei paia di scarpe di ferro:
la Biancarussina abitava lontano.

Mia nonna Rosina chiedeva alla sera:
«Le uova in cappello oppure frittata?»
A tavola insieme i piccoli e i grandi.
Domenica, a pranzo, cannoli e cassata.

Sembrava lontano il tempo dei nonni.
Adesso che invece il nonno son io.
Quel tempo è arrivato, mi prende per mano.
Lo vivo contento… perché è il tempo.

# *Mi alzo e me ne vado*

Mi alzo e me ne vado.
Che brutto dire e pure lo dicevi
per ogni cosa che stavo per dire
anche per ogni cosa che facevi.

Mi alzo e me ne vado ogni mattina.
Mi alzo e me ne vado anche di sera.
Mi alzo e me ne vado al pomeriggio.
Mi alzo e me ne vado che cos'era?

Una minaccia per farmi paura
per fare tutto quello che volevi.
Mi alzo e me ne vado a ogni occasione.
Era la volta buona e lo dicevi.

Mi alzo e me ne vado io invece no
di andarmene non l'ho mai minacciato
eppure guarda tu com'è la vita
son stato io, quello che se n'è andato.

# *La guerra all'Ucraina*
(alla maniera di Martoglio)

Un jornu ca un'avìa nenti di fari,
dintra na tomba vecchia e abbannunàta
un'arma si 'ncumìncia a rivutàri
facennu na bellissima pinzata.

E datusi ca l'arma era fitènti,
nentidimènu Stalini in pirsona,
fici fitenti puru la pinsàta.
Anchi si a ìddu ci parìva bona.

La tomba era vicina al Cremmilino
il quali era il sovietico palazzo
ca Stalini cci avia abbitàto dentro
quanno facìa il tiranno facchinazzo.

Ora ci stava Pùtinni, un spioni,
ca da vint'anni cummannava appieno
col fatto ca i nemici più giurati
li assintumava tutti col valeno.

Un tali grosso figlio di so matri,
per lo sfracello chi si avia proposto
a Stalini cci pàrsi l'omo giusto.
E cci si apprisintò proprio sul posto.

«O signò Stali, quali gran piaceri
avillo nel lussuoso mio salotto.
In cosa posso esseri a servizio?
Cumanni e ci lo fazzo 'cca, di botto.»

«Per mio divertimento preferissi
una gran guerra con i bummi e i razzi.
Ondi ca sguaddarannuli all'urbina
spunnano i strati e cadinu i palazzi.»

«E a cu la fazzo?» «Al popolo ucraino:
ci dici ca vorresti la so terra.
Iddo si nega e tu, tutto ncazzato,
pi avvendicarti ci dichiari guerra.»

«Allura mi scateno urgentemente
per la scascione che vossia mi ha dato.
Farò un burdello ca non s'ha mai visto.
E tanti grazii. La terrò informato.»

Stalini allura grida: «Generali,
chi cavolo faciti stamatina?
Chi cosa stati a leggiri i giornali?
Andati a conquistari l'Ucraìna!»

Intanto, stiso longo su un divano,
frisco, ca tanto nun sapeva nenti,
liggiva un bel copioni di tiatro
di l'Ucraina il nuovo presidenti.

Certu Zilisky. Un picciutteddo curtu
ca di ragazzo aviva recitato
e quel piaceri di fare l'attori,
era al potere, ma ci avia ristato.

«Zilisky, abbada...» dissi quella voci,
«ca Putinni, il terribbeli briganti,
spidì sul tuo confino carrarmati
con radarri e coi razzi bombardanti.

Si perdi tempo inveci assai prezioso,
si jochi a recitari, comu adesso.
Putinni ti asdisola la qualunque.
Pure il jardino. Ti bombarda il cesso.

Si piglia tutti i to possedimenti.
Li machini, il ralogio, la bannera.
Pi futtisi li quattru denti d'oro
ti spila di la vucca la dintera!»

Zilisky si addedice. E sull'istanti
chianta di urgenza na bella chiamata
al capo cummannanti miricano
sulla sua linia rossa risirvata.

«Pronte, l'Amerca?» «Sì Bìdenn sugno.»
«Ed io sono Zilisky disperato
ho visto che i sovietici al confino
mi puntano col primo carrarmato!»

Il miricano ca la sapi longa
quanno ci si apprisenta l'occasioni
capì ch'era arrivato il suo momento
di guadagnari dollari a vagoni.

«Ti do l'aiuto. Sono pronto e amico.
Ti manno l'armi io. Non ti scantari.
Li bummi più migliori a mità prezzo.»
«Ma io non ho li sordi pi pagari.»

«Aiutati ragazzo, c'è il rimedio.
Considerato ca il bisogno è urgenti
vai nella Uropa e cerca assà miliardi
chi manneranno a mia direttamenti.»

Zilisky ca era giovani, ma sperto,
si apprisintò con il cappello in mano
e nella Uropa il primo contributo
l'addimandò al popolo taliano.

Il taliano ca un ci pari vero
quanno chi c'è di fari una minchiata,
schierò il governo tutto al gran completo
ed approvò il sussidio in matinata.

In più cincu strazzati milaliri
c'aviva risparmiato fino all'osso,
ci li manno a Zilisky: «Onde ti cangi
sta maglia virdi che ti feti addosso».

Todischi, 'glisi, astrechi e bilgitani
tantu pi nun passari pi mischini
mannaro altri miliardi al signo Bìdenn
che arricambiò riarmando l'ucraini.

La guerra per i russi fu un disastro
pirchì coi bummi a mano e i carrarmati
Zilisky ci abbatteva prontamenti
l'esercito e tutti i suoi sordati.

Putini allura cùrri e va nni Stalin,
e grida: «Lo capisci chi malanno?
La guerra mi sta jennu suttancapo:
l'ucràini nni stanno sdisolanno».

Stalinni dissi friscu: «Ma chi voi?
Tu perdi perché sei scarso 'ncapaci.
Nun mi interessa se tu stai pirdendo.
La guerra in quanto tali a mia mi piaci».

«Ma comu? Il mio potere nella Uropa?
Mi liquidi accussì ca ti nni fotti?»
«Ora ti nni po iri che ci ho sonno.»
Cci chiuì la tomba 'nfaccia e bonanotti.

In centro al cimitero, in quell'istanti,
senza spiegare d'unni avia vinuto,
spuntò 'na gran signora assai 'mportanti
cu un libbro 'mmano e un manto di villuto.

«Tutti li stessi questi dittatori:
conflitti, sciarri inutili, malanni,
bummardamenti. Pi sentirsi diri:
bravo, sei tu il potenti ca cumanni.»

«E tu cu si?» piglia e addumanna Putinni,
«Ca parli in fronti a mia cu tanta boria?»
«Non mi canosci perché sei 'gnoranti.
Modestamente io sono la Storia.

Non hai liggiuto mai codesto libro
pirchì hai il vuoto al posto della menti.
Li cosi giusti dunque non li sai.
*Corsi e ricorsi* nun ti dici nenti?

Li guerre come chidda chi cciai in corso
sempre allo stesso modo hanno finuto.
Col vincitore anche il più vincente,
stecchito per vicchiaglia in un tabbuto.

Taliati torno torno, sceccobbestia.
'Nni vidi troni, onori, cassiforti?
Pepiti d'oro e fimmini di lusso?
Ci sunnu sulu tombi. C'è le morti.

La quali arriva quanno idda addecide:
doppo trent'anni, puri doppo cento.
Macari fra du uri tocca a ttià.
La morti po' arrivare ogni momento.»

Putinni fici urgenti i suoi scongiuri.
La Storia continuò: «Dintra a la fossa
del corpo dei potenti più potenti
ci resta sulu un sacchiteddu d'ossa.

Che con il tempo poi, ca nun perdona
diventeranno sulu cinnirazzo
sicché i potenti, fallo dire a mia
siti potente, sì, ma di stu cazzu».

# *Il cuore di una madre*

*Questa piccola storia, in prosa, me l'ha raccontata mia mamma Angelina. Io mi sono limitato a metterla in poesia.*

Non avendo più altro da strappare,
lo scellerato, senza tanto amore,
per poi poterlo vendere al mercato
strappò alla vecchia madre il vecchio cuore.

Correva forte. E però inciampando,
quel brutto giorno, il figlio scellerato,
perdendo pure il cuore dalle mani,
cadde lungo disteso sul selciato.

Addolorato, allora il vecchio cuore
pur rotolando a terra disse «Oddio!»
e glielo domandò con tanto amore:
«Ti sei fatto male, figlio mio?»

# *A mio padre*

*Avrei voluto dedicargli una poesia. Però sono tante le cose che ho in testa e nel cuore. La scrivo in prosa. Ma per me, quella che segue è la sua poesia.*

Mio padre.

Non l'ho mai sentito gridare. Era un uomo mite, accomodante. Aveva la quinta elementare, ma conosceva bene le cose della vita.

Essendo un ragazzo del novantanove, a diciotto anni aveva indossato la divisa ed era salito su un treno che da Palermo avrebbe dovuto portarlo al fronte passando per Roma.

Dove arrivò che era un mezzogiorno. E camminando smarrito sul Lungotevere, per andare lui stesso non sapeva dove, aveva sentito che da tutte le chiese le campane suonavano a festa.

E aveva visto la gente correre come impazzita: era l'armistizio.

Senza pensarci due volte aveva buttato il moschetto nel Tevere e con il primo treno buono era tornato in paese.

Nei suoi racconti di uomo semplice, la guerra la ricordava così.

Conservo ancora la sua foto, in divisa militare. Che tenerezza. Un ragazzino con uno sguardo tra lo stupito e lo spaventato.

Non credo sia mai andato una volta in bicicletta.

Amava andare a cavallo nelle nostre campagne delle quali si occupava attento.

Da proprietario terriero non amava la mezzadria.

Quando crebbi mi spiegò che era ingiusto che al proprietario andasse la metà dei prodotti che erano solo il frutto della fatica di chi quelle terre le aveva coltivate.

Per non ufficializzare una regola che avrebbe disturbato gli altri proprietari terrieri, quando nell'aia, i covoni di spighe erano diventati una bella montagna di grano, si inventava un impegno improvviso.

Ma prima di lasciare la campagna, con la testa, faceva un cenno di intesa complice e discreta a mastro Felice, il contadino che si occupava delle nostre terre.

Quell'intesa valeva a dire: «Come l'anno scorso: a me mettine da parte un terzo. Il resto è tuo».

Anche quando se ne andò, lo fece con discrezione.

Aveva avuto dei problemi al cuore e dovette essere ricoverato all'ospedale di Agrigento. In corsia.

A me, poco più che ventenne, consentirono di restare le notti a dormire ai piedi del suo letto seduto su una sedia che la cortesia di un infermiere mi offriva quando chiudevano i reparti.

Quella notte dormì sereno e al mattino non si svegliò.

Ci permisero di tornare al paese insieme, su una ambulanza.

Gli sedetti accanto stringendogli la mano... Era il mio modo di chiedergli perdono per quelle volte in cui non ero stato un bravo figlio.

Col passare degli anni mi accorgo di somigliargli sempre di più.

Una mattina, davanti allo specchio, mi stavo toccando il viso.

Lo facevo con tenerezza.

Ho capito che stavo carezzando mio padre.

# E per finire…

## *Epigramma*

Volava la fortuna dentro al cielo
felice, sulle ali dell'amore.
La sfiga a terra: sette piani a piedi
perché s'era guastato l'ascensore.

Stampato nel gennaio 2025 per conto di Baldini+Castoldi s.r.l.
da Puntoweb s.r.l. - Ariccia (Roma)